16	3	2	13
5	10	11	8
9	6	7	12
4	15	14	1

Coleção LESTE

Nikolai Leskov

LADY MACBETH
DO DISTRITO
DE MTZENSK

Tradução, posfácio e notas
Paulo Bezerra

editora 34

EDITORA 34

Editora 34 Ltda.
Rua Hungria, 592 Jardim Europa CEP 01455-000
São Paulo - SP Brasil Tel/Fax (11) 3811-6777 www.editora34.com.br

Copyright © Editora 34 Ltda., 2009
Tradução © Paulo Bezerra, 2009

A FOTOCÓPIA DE QUALQUER FOLHA DESTE LIVRO É ILEGAL E CONFIGURA UMA
APROPRIAÇÃO INDEVIDA DOS DIREITOS INTELECTUAIS E PATRIMONIAIS DO AUTOR.

Título original:
Ledi Makbet Mtzenskogo uezda

Imagem da capa:
Emil Nolde, Abendlandschaft Nordfriesland, *s.d, aquarela s/ papel,
33,3 x 47,1 cm, Stiftung Seebüll Ada und Emil Nolde, Neukirchen*

Capa, projeto gráfico e editoração eletrônica:
Bracher & Malta Produção Gráfica

Revisão:
Cide Piquet, Fabrício Corsaletti

1ª Edição - 2009 (1 Reimpressão),
2ª Edição - 2017 (1ª Reimpressão - 2019)

CIP - Brasil. Catalogação-na-Fonte
(Sindicato Nacional dos Editores de Livros, RJ, Brasil)

Leskov, Nikolai, 1831-1895
L724l   Lady Macbeth do distrito de Mtzensk /
Nikolai Leskov; tradução, posfácio e notas de
Paulo Bezerra — São Paulo: Editora 34, 2017
(2ª Edição).
96 p. (Coleção Leste)

ISBN 978-85-7326-430-2

Tradução de: Ledi Makbet Mtzenskogo uezda

1. Literatura russa. I. Bezerra, Paulo.
II. Título. III. Série.

CDD - 891.73

LADY MACBETH
DO DISTRITO DE MTZENSK

Lady Macbeth do distrito de Mtzensk   7

Posfácio, *Paulo Bezerra*   83

LADY MACBETH DO DISTRITO DE MTZENSK

Traduzido do volume V de *Sobránie sotchnienii* (Obras completas) de Nikolai Leskov, em onze tomos, editora Khudojestvennaia Literatura, Moscou, 1957.

"Só coramos ao cantar a primeira canção"

Provérbio russo

CAPÍTULO PRIMEIRO

De quando em quando aparecem em nossas paragens uns tipos que nos fazem sentir um tremor na alma sempre que nos lembramos deles, por mais que o tempo tenha passado desde o nosso último encontro. E um desses tipos é Catierina Lvovna Izmáilova, mulher de um comerciante, outrora protagonista de um terrível drama, após o qual nossa nobreza, usando uma expressão bem apropriada, passou a chamá-la "Lady Macbeth do distrito de Mtzensk".

Catierina Lvovna não nascera bela, mas era de aparência muito simpática. Tinha apenas vinte e quatro anos: estatura mediana, mas elegante, pescoço como que modelado em mármore, ombros arredondados, colo vigoroso, nariz reto, afilado, olhos negros, vivos, fronte alva e alta e cabelos negros, de um negro beirando o azulado. Casaram-na com o nosso comerciante Izmáilov, de Tuskara, província de Kursk, não por amor ou qualquer atração, mas sem quê nem para quê, simplesmente porque Izmáilov pedira sua mão e, sendo ela pobre, não precisaria ficar escolhendo marido. A casa dos Izmáilov em nossa cidade não era das piores: negociavam com farinha candial, arrendavam no distrito um grande moinho, possuíam um pomar rendoso nos arredores e uma boa casa na cidade. No geral, eram comerciantes abastados. Além do mais, a família era bem pequena: o sogro Borís Timofiêitch Izmáilov, que já passara dos oitenta, viúvo havia muito tempo; o filho Zinóvi Boríssitch, marido de Catierina Lvovna, que também já passara dos cinquenta, a própria Catierina

Lvovna, e só. Catierina Lvovna entrara no quinto ano do seu casamento sem ter filhos. Zinóvi Boríssitch também não tinha filhos da primeira mulher, com quem vivera uns vinte anos antes de enviuvar e casar-se com Catierina Lvovna. Imaginava e esperava que pelo menos do segundo casamento Deus lhe desse um herdeiro para o nome e o capital dos comerciantes; mas a felicidade tampouco lhe veio com Catierina Lvovna.

Essa ausência de filhos deixava Zinóvi Boríssitch muito amargurado e provocava grande tristeza não só nele, como no velho Borís Timofiêitch e na própria Catierina Lvovna. E visto que no claustro daquela casa de comerciantes, com cerca alta e cães de guarda soltos, o tédio imenso mais de uma vez causara na jovem esposa uma melancolia que chegava ao torpor, ela iria alegrar-se, Deus, como iria alegrar-se ao cuidar um pouco de uma criancinha; de mais a mais, estava farta das recriminações — "Por que casou, para que casou, por que amarrou o destino de um homem, mulher estéril?" —, como se ela realmente fosse alguma criminosa perante o marido, perante o sogro e todo o seu honesto clã de comerciantes.

Com toda abastança e riqueza, a vida de Catierina Lvovna na casa do sogro era maçante. Pouco saía em visita, e mesmo se ia com o marido às casas dos comerciantes também não encontrava alegria. É uma gente severa: fica a observá-la como se senta, como anda, como se levanta; e Catierina Lvovna tinha um gênio impetuoso; ainda moça pobre, acostumara-se à simplicidade e à liberdade: correr com baldes ao rio e banhar-se de camisa no atracadouro, ou por cima da cancela dar um banho de cascas de semente de girassol num jovem que estivesse passando. Já aqui tudo é diferente; o sogro e o marido se levantam de manhã cedinho, entopem-se de chá às seis horas e saem para os seus negócios, enquanto ela fica sozinha, andando à toa de um cômodo a outro. Tudo limpo, tudo silêncio e vazio, lâmpadas votivas luzindo diante dos ícones, e nenhum som vivo, nenhuma voz humana em nenhum canto da casa.

Catierina Lvovna anda sem parar pelos cômodos vazios, começa a bocejar de tédio e sobe pela escada ao seu leito conjugal, situado num mezanino pequeno e alto, onde também fica sentada, olhando perdida como penduram o cânhamo ou ensacam a farinha nos celeiros — torna a bocejar, porém até se contenta: vai tirar uma horinha de soneca; mas, quando acordar, reencontrará o mesmo tédio russo, o tédio das casas de comerciante, em cujo clima, como se diz, é até uma alegria a gente se matar.

De leitura Catierina Lvovna não era adepta, e além disso não havia livros em casa, a não ser *O paterik de Kíev*.[1]

Era maçante a vida que Catierina Lvovna ia vivendo na casa rica do sogro durante os cinco anos redondos ao lado de um marido seco; mas, como é de praxe, ninguém dava a mínima atenção ao seu tédio.

---

[1] Do grego *paterik*. Coletânea de narrativas didáticas, centradas nas vidas e nos feitos ascéticos dos monges cristãos, assim como em suas sentenças moralizantes. (N. do T.)

CAPÍTULO SEGUNDO

Na sexta primavera do casamento de Catierina Lvovna rompeu-se a barragem do moinho dos Izmáilov. Como se fosse de propósito, naquele momento os trabalhos no moinho se avolumavam, e a ruptura tinha sido enorme: a água vazou por baixo de um dormente da base rachada do reservatório e não houve jeito de estancá-la na hora. Zinóvi Boríssitch arrebanhou gente de todas as redondezas para o moinho e ele mesmo não arredou pé de lá; o velho tocava sozinho os negócios na cidade e Catierina Lvovna ficava em casa dias inteiros enlanguescendo, sozinha, sozinha. A princípio sentiu ainda mais tédio sem o marido, mas de repente foi como se lhe parecesse até melhor: sozinha ficava mais à vontade. Nunca tivera grande afeição por ele e, quando mais não fosse, com ele ausente era um a menos para lhe dar ordens.

Certa vez Catierina Lvovna estava sentada à janelinha no seu belvedere, dando um bocejo aqui, outro ali, sem pensar em nada de concreto, de sorte que acabou sentindo até vergonha dos bocejos. Enquanto isso, o tempo lá fora estava uma verdadeira maravilha: morno, claro, alegre, e pelas grades verdes de madeira do jardim viam-se pássaros diversos voando de galho em galho.

"Por que é mesmo que fico me desfazendo em bocejos?" — pensou Catierina Lvovna. "Ora, vou ao menos dar uma caminhada pelo pátio ou umas voltas pelo jardim."

E atirou sobre os ombros um velho casaquinho de estofo e saiu.

No pátio estava claro e respirava-se fundo, enquanto da galeria junto aos celeiros vinham gargalhadas muito alegres.

— Por que essa alegria toda? — perguntou Catierina Lvovna aos intendentes do sogro.

— Ora, minha cara Catierina Lvovna, porque pesamos uma porca viva — respondeu o velho intendente.

— Que porca?

— Aquela ali, a porca Akcínia, que pariu o filho Vassíli mas não convidou a gente pro batizado — contava em tom ousado e alegre um rapagão de rosto bonito e atrevido, ornado de cabelos encaracolados negros como breu e uma barba que mal começava a brotar.

Da gamela de farinha, pendurada no braço de uma balança, apareceu nesse momento a cara gorda e rosada da cozinheira Akcínia.

— Diachos, diabos roliços! — praguejava a cozinheira, tentando agarrar-se ao braço de ferro da balança e sair da gamela, que balançava.

— Quando chegar a hora do almoço ela vai estar pesando perto de oito arrobas e vai comer um cestão de feno, de sorte que vai faltar peso pra pesá-la — tornou a explicar o rapagão bonito, que, virando a gamela, atirou a cozinheira num monte de sacos empilhados num canto.

Praguejando em tom de brincadeira, a mulher começou a recompor-se.

— Pois bem, e eu, quanto será que peso? — brincou Catierina Lvovna e subiu no prato da balança, agarrando-se às cordas.

— Três *pudes*[2] e sete libras — respondeu Serguiêi, o mesmo rapagão bonito, atirando os pesos no prato da balança. — Coisa rara!

— De que te admiras?

---

[2] Medida de peso russa, equivalente a 16,3 kg. (N. do T.)

— Da senhora ter pesado três *pudes*, Catierina Lvovna. Eu acho que a senhora deve ser carregada nos braços o dia todo, a gente não só não se cansa como ainda sente prazer.

— E eu por acaso não sou uma pessoa? Na certa ficarias cansado — respondeu Catierina Lvovna, corando levemente, já desacostumada de ouvir tais palavras e sentindo-se arrebatada pelo súbito desejo de soltar a língua e desfazer-se em gracejos e palavras alegres.

— Não daria um ai! Eu a carregaria, feliz, até a Arábia! — respondeu Serguiêi à observação dela.

— Não estás raciocinando direito, meu rapaz — disse um mujique ensacador. — O que é o peso em nós? Por acaso é o nosso corpo que levanta? o nosso corpo, meu caro, nada significa na balança: é a nossa força, a força é que levanta, não o corpo!

— Aliás, quando moça eu era um horror de forte — disse outra vez sem se conter Catierina Lvovna. — Não era qualquer homem que conseguia me vencer.

— Então me dê a mão, se é mesmo verdade — pediu o belo rapagão.

Catierina Lvovna ficou confusa, mas estendeu a mão.

— Ai, solta a aliança: está doendo! — exclamou Catierina Lvovna quando Serguiêi apertou-lhe a mão, e, com a mão livre, deu-lhe um empurrão no peito.

O rapagão soltou a mão da patroa e foi projetado a dois passos pelo empurrão dela.

— Pois é, pra que vejas o que é uma mulher! — admirou-se um mujique.

— Não, mas a senhora me permita segurá-la assim, enlaçá-la — sugeriu Serióga,[3] espalhando os cabelos encaracolados.

— Vamos lá, segura — respondeu ela e ergueu alto os cotovelos.

---

[3] Variação do nome Serguiêi. (N. do T.)

Serguiêi abraçou a jovem patroa e apertou-lhe o colo rijo contra sua camisa vermelha. Catierina Lvovna mal esboçou mover os ombros e já Serguiêi a erguia, segurava-a nos braços, apertando-a e pousando-a suavemente sobre a balança. Catierina Lvovna nem teve tempo de usar sua alardeada força. Toda vermelha, ajeitou ainda sentada na balança o casaco que lhe caíra dos ombros e saiu de mansinho do celeiro, enquanto Serguiêi pigarreava com galhardia e gritava:

— Ora, vocês são uns paspalhos! Vamos lá, sem bocejar nem tocar na balança; o que sobrar é nosso.

— Esse maldito Seriójka[4] é um mulherengo! — contava a cozinheira Akcínia atrás de Catierina Lvovna. — O miserável nasceu favorecido em tudo: no tamanho, na cara, na beleza. Qualquer tipo de mulher que aparece o patife vai logo seduzindo, e acaba seduzindo e levando pro pecado. E que inconstante é o patife, inconstante até não poder mais.

— Akcínia, aquele... — dizia à frente dela a jovem patroa — o seu filho está vivo?

— Vivo, mãezinha, ora se está! Quanto mais inúteis, mais duram.

— Onde o arranjaste?

— Ih, por aí, na farra! Sabe como é, a gente vive no meio do povo, na farra.

— Faz tempo que aquele rapagão está aqui?

— Quem? O Serguiêi?

— Sim.

— Faz um mês. Trabalhou antes com os Koptchónov, mas o patrão o mandou embora. — Akcínia baixou a voz e concluiu: — Dizem por aí que andou de amores com a própria patroa... Como vê, uma alma três vezes maldita, um atrevido.

---

[4] Outra forma de tratamento íntimo do nome Serguiêi. (N. do T.)

CAPÍTULO TERCEIRO

Um crepúsculo morno e fosco debruçava-se sobre a cidade. Zinóvi Boríssitch ainda não retornara. O sogro Borís Timofiêitch tampouco estava em casa: fora à comemoração do dia do santo de um velho amigo e ordenara que não o esperassem nem para o jantar. Por falta do que fazer, Catierina Lvovna recolheu-se cedo, abriu a janelinha do seu belvedere e descascava sementes de girassol apoiada no umbral. Na cozinha, o pessoal já havia jantado e se dispersara pela casa, para dormir: uns no galpão, outros nos celeiros, e alguns nos palheiros altos e perfumados. Serguiêi foi o último a deixar a cozinha. Caminhou pelo pátio, soltou os cães de guarda, assobiou, e ao passar em frente à janela de Catierina Lvovna, olhou para ela e fez-lhe uma reverência profunda.

— Boa noite — respondeu-lhe baixinho Catierina Lvovna do seu belvedere, e o pátio emudeceu como um deserto.

— Senhora! — pronunciou alguém dois minutos depois à porta fechada de Catierina Lvovna.

— Quem é? — perguntou ela, assustada.

— Não precisa se assustar: sou eu, Serguiêi — respondeu o feitor.

— O que estás querendo, Serguiêi?

— Tenho um assuntinho a tratar com a senhora, Catierina Lvovna: queria pedir seu obséquio para uma coisinha insignificante; permita que eu entre um minuto.

Catierina Lvovna deu a volta na chave e o deixou entrar.

— O que estás querendo? — perguntou ela, afastando-se para a janela.

— Queria saber, Catierina Lvovna, se a senhora não tem algum livrinho para ler.

— Não tenho livros de nenhuma espécie, Serguiêi. Não os leio.

— Isso aqui é um tédio! — queixou-se Serguiêi.

— Tens lá motivo para tédio!

— Ora, como escapar do tédio? Sou moço, vivemos como num convento, e a gente olha pra frente e vê que na certa vai afundar nessa solidão até o túmulo. Às vezes até bate o desespero.

— Por que não te casas?

— Casar... falar é fácil, senhora! Casar aqui, com quem? Eu sou uma pessoa sem importância; filha de patrão não se casa comigo, e no meio dos pobres, como a senhora mesma sabe, Catierina Lvovna, é todo mundo ignorante! Por acaso eles podem entender de amor como deve ser? A senhora mesma pode ver como eles e os ricos entendem esse assunto. Pode-se dizer que a senhora, por exemplo, seria um consolo para qualquer outro homem de sentimento, mas na casa deles é mantida como um canário na gaiola.

— É verdade, eu sinto tédio — deixou escapar Catierina Lvovna.

— Como não haveria de sentir, senhora, levando uma vida como essa?! Se a senhora tivesse pelo menos uma coisa assim por fora, como todo mundo tem, sim, porque a senhora não aguenta nem vê-lo.

— Nisso tu... não é bem assim. Pra mim, vê, se eu tivesse um filho, acho que ficaria contente ao lado dele.

— Mas isso, permita que lhe diga, isso, quer dizer, filho, também acontece por alguma coisa, e não assim à toa. Por acaso hoje, depois de trabalhar tantos anos para senhores e observando essa vida de mulher de comerciante, a gente também não entende? Diz a canção: "sem a amada, a tristeza se

Lady Macbeth do distrito de Mtzensk

apossa de nós"; e essa melancolia, digo à senhora, Catierina Ilvovna,[5] meu coração sente, posso dizer, e tanto, que eu seria capaz de arrancá-la do meu peito com uma faca de aço e atirá-la a seus pés. E ficaria mais aliviado, cem vezes mais aliviado...

A voz de Serguiêi começou a tremer.

— O que é isso de me falar do teu coração? Eu não tenho nada com isso. Vai para o teu canto...

— Não, permita, senhora — pronunciou ele, o corpo todo trêmulo, e dando um passo em direção a Catierina Lvovna. — Eu sei, eu vejo, eu até sinto e entendo muito bem que a senhora não está melhor do que eu nesse mundo; só que agora — pronunciou alterando a respiração —, agora, neste momento, tudo isso está em suas mãos e em seu poder.

— O que estás querendo? o quê? O que vieste fazer aqui? Eu me atiro pela janela — disse Catierina Lvovna, sentindo-se dominada pelo poder insuportável de um medo indescritível, e agarrou-se ao peitoril da janela.

— Vida minha, incomparável! A troco de que irias te atirar? — sussurrou ele com ar atrevido e, afastando a jovem patroa da janela, abraçou-a com força.

— Ai, ai, larga-me! — gemeu baixinho Catierina Lvovna, perdendo as forças sob os beijos quentes de Serguiêi e apertando-se involuntariamente ao corpo forte dele.

Serguiêi levantou a patroa como uma criança e levou-a nos braços para um canto escuro.

O quarto foi envolvido pelo silêncio, quebrado apenas pelo tique-taque cadenciado do relógio de bolso do marido de Catierina Lvovna, pendurado sobre a cabeceira da cama; mas isto não foi nenhum estorvo.

— Vai embora — disse ela meia hora depois, sem olhá-lo e ajeitando diante de um pequeno espelho os cabelos em desalinho.

---

[5] Variação popular de Lvovna. (N. do T.)

— Por que vou ter de sair daqui agora? — perguntou Serguiêi com voz feliz.

— Meu sogro vai fechar as portas.

— Ah, minh'alma, minh'alma! Que gente é essa tua, para quem uma porta é o único meio de acesso a uma mulher? Pra eu vir pra cá ou sair daqui porta é o que não falta — respondeu o rapagão, apontando para as colunas que sustentavam a galeria.

CAPÍTULO QUARTO

Zinóvi Boríssitch não aparecia em casa havia mais de uma semana, e durante toda essa semana sua mulher andava com Serguiêi, tanto de noite como em plena luz do dia.

Nessas noites, no dormitório de Zinóvi Boríssitch houve muito vinho bebido da adega do sogro, muitas gulodices comidas, muitos beijos dados nos lábios açucarados da patroa, e muito afago nas mechas negras na cabeceira macia da cama. Mas nem tudo são bons ventos levando as gentes; também há calmarias.

O sono não chega a Borís Timofiêitch: o velho anda a esmo num camisolão de chita listrada pela casa em silêncio, chega-se a uma janela, chega-se a outra, olha e vê a camisa vermelha do rapagão Serguiêi descendo bem sorrateiramente pela coluna que dá na janela da nora. Veja só que novidade! Borís Timofiêitch pula para fora e agarra o rapaz pelas pernas. Este ia desvencilhar-se para acertar um murro no ouvido do patrão, mas se deteve, julgando que faria barulho.

— Vá dizendo onde esteve, seu ladrão! — diz Borís Timofiêitch.

— Onde estive — diz ele —, lá, meu senhor Borís Timofiêitch, já não estou.

— Dormiu com minha nora?

— Como vou saber, repito, onde dormi, patrão? olha aqui, Borís Timofiêitch, escuta o que vou dizer: o que aconteceu, meu pai, não se volta atrás; não botes por exagero a marca da vergonha na tua casa de comerciante. Dize agora o que queres de mim. Que tipo de satisfação desejas?

— O que eu desejo, seu monstro, é te sapecar quinhentas chicotadas.

— A culpa é minha, a vontade é tua — concordou o rapagão. — Diz para onde segui-lo, e delicia-te, bebe o meu sangue.

Borís Timofiêitch conduziu Serguiêi à sua despensa de pedra e o açoitou com a *nagaika*[6] até perder as forças. Serguiêi não deu um gemido, mas em compensação roeu com os dentes metade da manga da camisa.

Largou Serguiêi na despensa de pedra, aguardando que secassem as costas arroxeadas pelas chicotadas; deixou-lhe água num vaso de barro, trancou-o com um grande cadeado e mandou chamar o filho.

Ainda hoje não se cobre com rapidez uma distância acima de cem verstas pelas estradas vicinais da Rússia, e Catierina Lvovna já não podia suportar uma hora a mais sem Serguiêi. Despertada, sua natureza desdobrou-se de repente em toda sua amplitude, e ela se tornou tão decidida que seria impossível contê-la. Descobriu onde estava Serguiêi, falou com ele pela porta de ferro e lançou-se à procura das chaves. "Solta o Serguiêi, paizinho" — foi com estas palavras ao sogro.

O velho ficou literalmente verde. Nunca poderia esperar tão audaciosa petulância de uma nora que caíra em falta, mas que até então sempre fora submissa.

— Que atitude é essa?, sua isso, sua aquilo... — começou a destratar Catierina Lvovna.

— Solta — diz ela —, eu te garanto honestamente que ainda não aconteceu nada de mal entre nós.

— De mal não aconteceu — diz ele —, mas ficas aí rangendo os dentes. Então o que era que vocês estavam fazendo durante as noites? Pondo mais plumas nos travesseiros do teu marido?

E ela, na mesma ladainha: solta, vai, solta!

[6] Chicote de couro trançado. (N. do T.)

— Já que é assim — diz Borís Timofiêitch —, vê o que vai sobrar para ti: teu marido vai chegar, nós vamos te dar uma surra na estrebaria com nossas próprias mãos, como se faz com uma esposa honesta; e quanto ao canalha, amanhã mesmo vou mandá-lo para a prisão.

Foi assim que Borís Timofiêitch decidiu; só que esta sua decisão não se realizou.

CAPÍTULO QUINTO

Borís Timofiêitch jantou cogumelos com mingau ralo, e começou a sentir azia; de repente foi tomado de uma dor no estômago. Tiveram início vômitos terríveis, e antes do amanhecer ele morreu, e justamente da mesma maneira como em seus celeiros morriam os ratos para os quais a própria Catierina Lvovna sempre preparava uma comida especial com um perigoso pó branco que a encarregavam de guardar.

Catierina Lvovna tirou seu Serguiêi da despensa de pedra do velho, sem qualquer vergonha dos olhares das pessoas o pôs na cama do marido para descansar dos espancamentos do sogro, e sem mais delongas sepultou Borís Timofiêitch de acordo com as leis cristãs. O caso não foi surpresa para ninguém: morrera Borís Timofiêitch, e morrera depois de comer cogumelos, como muitos que morrem depois de comê-los. Sepultaram-no às pressas, sem sequer aguardar o filho, porque o tempo estava quente e a pessoa enviada não encontrou Zinóvi Boríssitch no moinho. Ademais, por acaso aparecera madeira barata a umas cem verstas, e ele fora examiná-la sem explicar direito a ninguém para onde ia.

Resolvido esse problema, Catierina Lvovna deu plena expansão a seu gênio. Agora se mostrava uma mulher de pulso, e aí não se podia adivinhar o que tinha em mente: enchia-se de altivez, determinando tudo pela casa afora, e sem deixar Serguiêi arredar pé de perto de si. Isto causava surpresas na casa, mas Catierina Lvovna sabia estender sua mão cheia a todos, e toda a surpresa logo desapareceu. "Foi uma *aligoria*[7] da patroa com Serguiêi, e só" — assim entenderam. "Isso", alegavam, "é problema dela, e é ela que tem de responder."

Enquanto isso, Serguiêi se recuperara e endireitara-se e mais uma vez desfilava como o rapagão dos rapagões, um falcão vivo ao lado de Catierina Lvovna, e outra vez estavam juntos levando a vida de amantes. Mas o tempo não corria só para eles: depois de uma longa ausência, o marido ofendido Zinóvi Boríssitch também se apressava em retornar.

---

[7] Emprego confuso de palavra estrangeira, bastante comum entre russos de baixa escolaridade. (N. do T.)

CAPÍTULO SEXTO

Depois do almoço, o bochorno assolava lá fora e uma mosca ágil perturbava insuportavelmente. Catierina Lvovna fechou as venezianas de seu quarto e ainda pendurou por dentro da janela um xale de lã e deitou-se com Serguiêi para repousar na cama alta de comerciante. Catierina Lvovna está dorme-não-dorme, e isto só a exaure, seu rosto fica banhado de suor, a respiração é muito quente e difícil. Sente que é hora de acordar, é hora de ir ao jardim para o chá, mas não há jeito de levantar-se. Finalmente a cozinheira se chega e bate à porta: "O samovar vai se apagar debaixo da macieira" — diz ela. Catierina Lvovna vira-se a muito custo e dá de acariciar um gato. E o gato se enrosca entre ela e Serguiêi, magnífico, cinzento, grandão e gordo até dizer chega... com uns bigodes como os do *burmistr*[8] encarregado pelo *obrók*.[9] Catierina Lvovna começa a enroscar-se em seu pelo felpudo, e ele lhe achega o focinho: enfia-lhe o focinho fino no seio rijo, e vai cantando uma cançãozinha suave, como se lhe falasse de amor. "O que esse gato terá vindo fazer aqui?" — pensa Catierina Lvovna. "Deixei a nata aqui mesmo em cima da

---

[8] Derivado do alemão *Bürgermeister*. No regime servil russo, administrador de latifúndio, escolhido pelo proprietário entre os camponeses. (N. do T.)

[9] O *obrók* era o imposto em espécie ou dinheiro que o latifundiário cobrava dos camponeses. (N. do T.)

Lady Macbeth do distrito de Mtzensk

janela; na certa o safado vai devorá-la. Vou tocá-lo pra fora" — resolve e tenta agarrar o gato e atirá-lo, mas ele passa como uma névoa por entre seus dedos. "Ora essa, de onde terá aparecido esse gato?" — raciocina no pesadelo Catierina Lvovna. "Em nosso quarto nunca houve nenhum gato, mas agora vejam só o que apareceu!" Tenta mais uma vez agarrá-lo, e mais uma vez ele se esfuma. "Ora essa, o que é isso? Era só o que faltava; mas será mesmo um gato?"— pensa Catierina Lvovna. A perplexidade a assalta de repente, afastando-lhe totalmente o sono e a modorra. Corre o olhar pelo quarto — nenhum gato, apenas o belo Serguiêi deitado, apertando-lhe o seio com a mão vigorosa contra o seu rosto quente.

Levanta-se Catierina Lvovna, senta-se na cama, cobre Serguiêi de beijos, desfaz-se em mimos, ajeita o edredom amarrotado e vai ao jardim para o chá; o sol já se pusera totalmente e a noite descia, maravilhosa e encantadora, sobre a terra aquecida pelo calor.

— Dormi demais — diz ela a Akcínia e senta-se para o chá num tapete debaixo da macieira. — O que será que isso quer dizer, Akcíniuchka?[10] — testa a cozinheira, enxugando ela mesma o pires com a toalha do chá.

— O quê, minha cara?

— Um gato estranho ficou um tempão me importunando, e eu não estava propriamente sonhando, mas de olhos bem abertos.

— Arre, que história é essa?

— Verdade, um gato me importunou.

Catierina Lvovna contou como o gato a importunara.

— E por que tinhas de acariciá-lo?

— É aí que está a coisa! nem eu sei por que o acariciei.

— É esquisito, palavra! — exclamou a cozinheira.

---

[10] Diminutivo e tratamento carinhoso de Akcínia. (N. do T.)

— Eu mesma não me canso de me admirar.

— É como se alguém estivesse se aprochegando da gente, ou alguma coisa parecida fosse acontecer.

— Mas o que precisamente?

— Ora, *o que precisamente*, minha cara amiga, ninguém pode te explicar; o que precisamente, não, mas que vai acontecer alguma coisa, isso vai.

— Passei um tempão sonhando com a lua, e agora esse gato — continuou Catierina Lvovna.

— Lua quer dizer neném.

Catierina Lvovna corou.

— Não quer mandar chamar Serguiêi para a tua boa companhia? — testou-a Akcínia, fazendo-se de confidente.

— Por que não? — respondeu Catierina Lvovna. — Isso mesmo, podes ir chamá-lo: vou encharcá-lo de chá.

— É isso mesmo que estou dizendo, chamá-lo — resolveu Akcínia e saiu balançando o corpo como uma pata em direção à cancela do jardim.

Catierina Lvovna contou também a Serguiêi a história do gato. — Foi só um sonho — respondeu ele.

— E por que esse sonho nunca aconteceu antes, Seriója?

— Sabe-se lá o que não acontecia antes! acontecia que eu mesmo ficava te olhando só com o rabo do olho, e me consumindo, mas agora, vê! Sou dono de todo esse teu corpo alvo.

Serguiêi abraçou Catierina Lvovna, fê-la rodopiar no espaço e, brincando, atirou-a no tapete felpudo.

— Ai, fiquei tonta — disse Catierina Lvovna. — Seriója, vem cá; senta aqui a meu lado — convidou-o, entregando-se à lassidão e espreguiçando-se numa pose magnífica.

O rapagão curvou-se e meteu-se sob a macieira baixa, coberta de flores brancas, e foi sentar-se no tapete aos pés de Catierina Lvovna.

— Então andavas te consumindo por minha causa, Serguiêi?

Lady Macbeth do distrito de Mtzensk

— Como não haveria de me consumir?

— E como é que te consumias? Conta-me.

— Ora, como contar sobre isso? Por acaso a gente consegue explicar como se consome? Eu suspirava.

— Como é que eu não sentia isso, Seriója, que tu te consumias por mim? Dizem que a gente sente essas coisas...

Serguiêi calou-se.

— E por que tu cantavas, se suspiravas por mim, hein? Por certo eu ouvia quando cantavas na galeria — continuou Catierina Lvovna, acarinhando-o.

— E daí que eu cantasse? Vê o mosquito, ele passa todo o seu tempo cantando, mas não quer dizer que seja de alegria — respondeu secamente Serguiêi.

Fez-se uma pausa. Catierina Lvovna transbordava de êxtase por causa dessas confissões.

Ela queria falar, mas Serguiêi estava sombrio, calado.

— Vê, Seriója, que paraíso, que paraíso! — exclamou Catierina Lvovna, olhando por entre os ramos frondosos da macieira florida, que a cobriam, para um céu azul límpido, em que aparecia uma serena lua cheia.

O luar penetrava pelas folhas e flores da macieira, desfazendo-se em réstias minúsculas, claras e as mais caprichosas, pelo rosto e por toda a figura de Catierina Lvovna, deitada de costas; o silêncio imperava no ar; só uma brisinha leve e morna mexia um pouquinho as folhas sonolentas e espalhava o perfume delicado das relvas e árvores floridas. Respirava-se algo languescente, que dispunha para a indolência, a volúpia, os desejos obscuros.

Sem obter resposta, Catierina Lvovna tornou a calar-se e continuou olhando o céu através das flores rosa-pálido da macieira. Serguiêi também calava; só que o céu não o ocupava... Tinha o olhar concentrado em suas botas e os joelhos envolvidos por ambas as mãos.

Uma noite dourada! Silêncio, claridade, aromas, e uma tepidez benfazeja e vivificante. Ao longe, atrás de um barranco do outro lado do jardim, alguém entoa uma canção sonora; junto à cerca, numa cerejeira frondosa, um rouxinol dá um gorjeio e começa a furar o espaço com seu canto estridente; no alto do poleiro de sua gaiola um macho sonolento de codorniz começa a piar, atrás da parede da estrebaria um cavalo gordo dá um suspiro lânguido, e no pasto, além da cerca do jardim, uma alegre matilha de cães passa sem qualquer ruído, desaparecendo na sombra negra e disforme dos velhos armazéns de sal meio arruinados.

Catierina Lvovna soergueu-se nos cotovelos e olha para a relva alta do jardim; a relva brinca com o esplendor da lua, que se desfaz em retalhos sobre as flores e folhas das árvores. Ela está toda coberta pela claridade dourada daquelas réstias minúsculas e caprichosas que sobre ela tanto bruxuleiam, tanto tremeluzem, como se fossem vivas borboletas de fogo ou como se toda a relva sob as árvores estivesse presa por uma rede lunar e se deslocasse de um canto a outro.

— Ah, Seriója, que maravilha! — exclama Catierina Lvovna, olhando ao redor.

Serguiêi corre o olhar com indiferença.

— Por que estás assim, tão desgostoso, Seriója? Ou será que já estás enfastiado do meu amor?

— Por que essas tolices? — respondeu secamente Serguiêi e, abaixando-se, deu um beijo preguiçoso em Catierina Lvovna.

— Tu és um traidor, Seriója — Catierina Lvovna está com ciúme —, um inconsequente.

— Não vou levar em conta o que estou ouvindo — responde ele com toda calma.

— E por que então me beijas assim?

Ele não diz palavra.

— Só maridos e mulheres fazem isso — continuou ela, brincando com as madeixas dele —, assim um tira a poeira dos lábios do outro. Me beija de um jeito que a flor tenra dessa macieira aqui em cima da gente se esparrame pelo chão.

Lady Macbeth do distrito de Mtzensk 31

Assim, olha, assim — cochichava ela, enroscando-se no amante e beijando-o com uma paixão ardente.

— Escuta o que vou te dizer, Seriója — começou ela, após uma pequena pausa —, por que todo mundo diz em uníssono que és um traidor?

— Quem é que anda dizendo mentiras sobre mim?

— Ora, as pessoas falam.

— Isso pode ter acontecido quando eu traía quem não valia nada.

— E por que te metes com quem não vale nada, seu bobo? Não se deve andar de amores com quem não vale nada.

— Então me diz! Será que a gente pensa quando faz isso? Só a tentação conta. A gente trata uma delas com total simplicidade, viola sem nenhum propósito as regras do próprio comportamento, e ela pega e se pendura no pescoço da gente. Aí está o amor!

— Escuta aqui, Seriója! como as outras agiram eu não sei nada, nem quero saber; só sei como tu mesmo me seduziste para esse nosso amor de agora, e tu mesmo sabes que eu me resolvi por ele tanto por minha própria vontade quanto por tua astúcia, de sorte que se tu te meteres a me trair, Seriója, se tu me trocares por outra qualquer, seja ela quem for, aí, meu amiguinho do peito, me desculpa, porque com vida não vou me separar de ti.

Serguiêi estremeceu.

— Ora, Catierina Ilvovna! minha luz clara! — começou ele a falar. — Vê tu mesma qual é a nossa situação. Tu mesma reparas como eu ando pensativo, mas não avalias por que não posso deixar de estar pensativo. Meu coração pode até já ter afundado todo em sangue coalhado!

— Fala, Seriója, fala de tua mágoa.

— Ora, falar o quê! Vê agora, vê a primeira coisa que vai acontecer; com a bênção de Deus teu marido chega, e tu, Serguiêi Filípitch, vai dando o fora, vai lá pro pátio dos fundos, para a companhia dos músicos, e fica atrás do galpão olhando a vela acesa no leito de Catierina Ilvovna, vendo ela fazer a cama macia e se deitar para dormir com seu legítimo Zinóvi Boríssitch.

— Isso não vai acontecer! — arrastou em tom alegre Catierina Lvovna e abanou com a mão.

— E como é que não vai acontecer?! Pra mim, vocês não têm nenhum meio de evitar isso. Eu também tenho coração, Catierina Ilvovna, e posso ver os meus sofrimentos.

— Ah, chega de repisar isso.

Catierina Lvovna gostou dessa manifestação de ciúme de Serguiêi, riu e voltou aos beijos com ele.

— Preciso repetir — continuou Serguiêi, livrando devagarzinho a cabeça dos braços de Catierina Lvovna, nus até os ombros —, preciso repetir ainda que a condição mais insignificante que é a minha também me obriga a pensar assim e assado, mais de uma e até de dez vezes. Se eu fosse, assim lhe digo, igual à senhora, se fosse algum grão-senhor ou comerciante, eu, quer dizer, da senhora, Catierina Ilvovna, eu nunca ia me separar nem em minha vida.[11] Agora, a senhora mesma julgue; que tipo de pessoa sou eu diante da senhora? Vendo agora que vão pegar a senhora pelas mãozinhas alvas e levar pro leito, devo eu aguentar tudo isso em meu coração e talvez por isso até me achar um homem desprezível pro resto da vida, Catierina Ilvovna? Ora, eu não sou como os outros, pra quem tudo dá no mesmo, contanto que a mulher só lhe dê prazer. Eu sinto como é o amor e de que jeito ele suga o meu coração como uma serpente negra...

— Por que insistes em falar da mesma coisa comigo? — interrompeu-o Catierina Lvovna.

---

[11] Em alguns momentos do diálogo Serguiêi alterna as formas de tratamento, ora usando "tu", ora "senhora". No afã de dar ênfase ao seu discurso sedutor, acaba produzindo uma fala empolada e atropelando a sintaxe. (N. do T.)

Estava com pena de Serguiêi.

— Catierina Ilvovna! Como não falar disso? Como não falar? Quando na certa ele já está com tudo esclarecido e planejado; quando, não só num futuro distante, mas talvez até amanhã mesmo, não reste mais nesta casa nem sombra nem cheiro de Serguiêi.

— Não, não, e nem fale nisso, Seriója! Por nada nesse mundo vou ficar sem ti — acalmava-o com as mesmas carícias. — Se a coisa tomar esse rumo... ou ele deixará de viver ou eu, mas tu ficarás comigo.

— Isso não pode acontecer de jeito nenhum, Catierina Ilvovna — respondeu ele, meneando a cabeça triste e melancólico. — Eu mesmo não estou contente da minha vida por causa desse amor. Se eu amasse o que não fosse superior a mim, estaria satisfeito. Mas ter a senhora comigo num amor constante? Por acaso seria uma honra para a senhora ser amante? Eu queria ser seu marido diante do eterno templo sagrado: então, mesmo eu me achando sempre inferior à senhora, ainda assim eu poderia pelo menos anunciar publicamente a todos o quanto, estando ao lado de minha esposa, mereço a consideração que tenho por ela...

Catierina Lvovna estava ofuscada por essas palavras de Serguiêi, por esse seu ciúme, por essa sua vontade de casar-se com ela — vontade essa que sempre agrada a uma mulher, por mais breve que possa ter sido sua ligação com um homem antes do casamento. Agora Catierina Lvovna estava disposta até a atirar-se no fogo, na água, no calabouço ou a subir à cruz por Serguiêi. Ele a fizera apaixonar-se a tal ponto que ela não tinha qualquer limite em sua lealdade a ele. Ela enlouquecera de felicidade; seu sangue fervia, e ela não conseguia ouvir mais nada. Tapou rapidamente a boca de Serguiêi com a palma da mão e, apertando a cabeça dele contra seu peito, começou a falar:

— Bem, eu sei como fazer de ti um comerciante, e passarei a viver contigo inteiramente como se deve. Só peço que não me aflijas à toa enquanto o nosso problema não estiver em nossas mãos.

E mais uma vez os beijos e carícias recomeçaram.

Em meio ao sono profundo, um velho capataz que dormia no galpão começou a ouvir no silêncio da noite ora um murmúrio seguido de riso baixo, como se em algum lugar crianças traquinas trocassem ideias de como zombar dos velhos fracos com mais maldade, ora uma gargalhada sonora e alegre, como se as sereias dos lagos fizessem cócegas em alguém. Era de tudo isso que Catierina Lvovna brincava e folgava com o jovem capataz do marido, banhando-se de luar e rolando no tapete macio. As flores brancas e frescas da frondosa macieira espargiam-se sem cessar sobre eles, mas por fim o espargimento cessou. Enquanto isso, a breve noite estival ia passando, a lua se escondera atrás dos telhados proeminentes dos altos celeiros e olhava de esguelha para a terra, a cada instante mais e mais opaca; do telhado da cozinha partiu um estridente dueto de gatos; ouviu-se depois um escarro, um bufido raivoso, e em seguida dois ou três gatos caíram e rolaram ruidosamente por cima de um feixe de ripas encostado no telhado.

— Vamos dormir — disse Catierina Lvovna com lentidão e aparência debilitada, levantando-se do tapete, e do jeito que estava, apenas de camisa e saia branca, saiu pelo pátio mergulhado em silêncio, em silêncio sepulcral, seguida por Serguiêi, que levava o tapete e a blusa que ela largara por travessura.

CAPÍTULO SÉTIMO

Mal Catierina Lvovna apaga a vela e se deita, totalmente nua, no macio colchão de penugem, o sono lhe envolve a cabeça. Saciada de brincar e distrair-se, cai num sono tão profundo que pernas e braços também dormem; mas, em meio ao sono, torna a ouvir algo como a porta reabrindo e aquele gato caindo sobre a cama como um troço pesado.

— Arre, que suplício esse gato me aparecendo! — reflete cansada Catierina Lvovna. — Dessa vez eu mesma fechei propositadamente a porta, e fechei à chave, com minhas próprias mãos, a janela está fechada, mas ele está novamente aqui. Vou já botá-lo pra fora — e Catierina Lvovna tenta levantar-se, mas os braços e as pernas sonolentos não obedecem; e o gato num vaivém sem fim por cima dela, e miando algo esquisito, como se outra vez articulasse palavras de gente. Um formigamento começa a espalhar-se por todo o corpo de Catierina Lvovna.

"Não" — pensa ela —, "amanhã sem falta vou ter de trazer água benta pra cama, porque esse gato esquisito pegou a mania de me aparecer."

E o gato lhe faz miau-ronron sobre o ouvido, afunda o focinho e articula: "Eu lá sou gato! Desde quando! Tu sabes muito bem, Catierina Lvovna, que não sou gato coisa nenhuma, mas o ilustre comerciante Borís Timofiêitch. Eu só fiquei mal agora, porque aqui dentro todo o meu intestino rachou por causa de tua comida de nora. Por isso — ronrona — encolhi todo e agora apareço como gato a quem me conhece mal e imagina que realmente sou isso. Então, de que jeito vais tocando a vida aqui em nossa casa, Catierina Lvovna? E o teu dever, cumpres com correção? Eu vim do túmulo para ver como tu e Serguiêi Filípitch andam aquecendo a cama do teu marido. Miau-ronron, acontece que não vejo nada. Não precisas ter medo de mim: como vês, por causa da tua comida meus olhos pularam das órbitas. Dá uma olhadinha aqui nos meus olhos, amiguinha, não tenhas medo!".

Catierina Lvovna olhou e berrou feito possessa. Entre ela e Serguiêi lá estava outra vez o gato, e a cabeça do gato era a de Borís Timofiêitch em todo o seu tamanho, igual à do morto, e em vez dos olhos era ela que girava sem parar num círculo de fogo, e para todos os lados.

Serguiêi acordou, acalmou Catierina Lvovna e tornou a adormecer; mas o sono dela tinha ido todo embora, e já não foi sem tempo.

Está ela deitada, de olhos abertos, e de repente ouve algo assim como alguém entrando pelo portão do pátio. Os cães esboçam investir, mas se aquietam — na certa estão fazendo festa. Passa-se mais um minuto, estala a lingueta de ferro lá embaixo e a porta se abre. "Ou estou ouvindo tudo isso em sonho ou o meu Zinóvi Boríssitch voltou, porque a porta foi aberta com a chave reserva dele" — pensa Catierina Lvovna e empurra apressadamente Serguiêi.

— Escuta, Seriója — disse e soergueu-se sobre os cotovelos, aguçando o ouvido.

Pela escada vinha realmente alguém, em silêncio, apoiando-se ora num pé, ora noutro, aproximando-se da porta fechada do dormitório.

Catierina Lvovna salta rapidamente da cama só de camisola e abre a janela. No mesmo instante Serguiêi salta descalço para a galeria e enrosca as pernas na coluna por onde mais de uma vez descera dos aposentos da patroa.

— Não, não é preciso, não é preciso! Deita aqui... não te afastes muito — cochicha ela e lança pela janela a roupa e o calçado de Serguiêi, indo meter-se debaixo do cobertor, à espera.

Serguiêi obedeceu: não escapuliu coluna abaixo, mas se escondeu atrás de um *lubók*[12] na galeria.

Enquanto isso, Catierina Lvovna ouve o marido aproximar-se da porta e ficar escutando com a respiração presa. Ela chega até a ouvir-lhe as batidas aceleradas do coração ciumento; e no entanto não se sente tomada de pena, mas de um riso perverso.

"Podes procurar fantasmas" — pensa ela com seus botões, sorrindo e respirando como uma criança pura.

Isso durou uns dez minutos; mas finalmente Zinóvi Boríssitch se sentiu saturado de ficar ali à porta e escutar a mulher que dormia, e bateu.

— Quem está aí? — perguntou ela sem maiores pressas e com uma voz como que sonolenta.

— É de casa — respondeu ele.

— És tu, Zinóvi Boríssitch?

— Ora se sou eu! Como se não estivesses ouvindo!

Catierina Lvovna saltou da cama como estava, apenas de camisola, pôs o marido para dentro do quarto e tornou a mergulhar na cama quente.

— De madrugada esfria um pouco — disse ela, enrolando-se com o lençol.

Zinóvi Boríssitch entrou olhando para os lados, rezou, acendeu uma vela e tornou a olhar em torno.

— Como vais levando a vida? — pergunta à esposa.

— Mais ou menos — responde Catierina Lvovna e, soerguendo-se, começa a ajustar a blusa de chita, que estava aberta.

— É o caso de acender o samovar? — pergunta ela.

---

[12] Quadro muito popular nas casas russas, caracterizado pela simplicidade das imagens e pela técnica primitiva de composição. (N. do T.)

— Não precisa; grita para Akcínia, ela que acenda.

Catierina Lvovna enfiou os sapatos nos pés nus e saiu correndo. Meia hora depois ainda não havia voltado. Nesse ínterim ela mesma acendeu o samovar e deu furtivamente um pulinho até a galeria onde estava Serguiêi.

— Fica aí — cochichou ela.

— Até quando? — perguntou Serguiêi, também com um cochicho.

— Oh, como és atoleimado! Fica aí até eu te chamar.

E ela mesma o pôs no lugar de antes.

Da galeria, Serguiêi pode escutar tudo o que acontece no quarto. Torna a ouvir a porta bater e Catierina Lvovna voltar a entrar no quarto do marido. Dá para ouvir palavra por palavra.

— Por que demoraste tanto? — pergunta Zinóvi Boríssitch.

— Estava preparando o samovar — responde ela calmamente.

Faz-se uma pausa. Serguiêi ouve Zinóvi Boríssitch pendurando sua sobrecasaca no cabide. Eis que se lava, bufa e borrifa água para todos os lados; pede a toalha e recomeça a conversa.

— Pois bem, que jeito você deu para enterrar meu pai? — tenta inteirar-se o marido.

— Enterrando — diz ela —; morreu, enterramos.

— Por que essa surpresa?

— Sei lá! — responde, e começa o tinir de xícaras.

Zinóvi Boríssitch anda pelo quarto, triste.

— Bem, e como a senhora[13] passou o seu tempo por aqui? — torna ele a interrogar.

— Parece que todo mundo sabe dos nossos prazeres: não vamos a bailes, a teatros tampouco.

---

[13] No diálogo entre os dois ocorre uma alternância das formas de tratamento. (N. do T.)

— Mas parece que a senhora oferece poucos desses prazeres ao marido — puxou ele, olhando de esguelha.

— Nós dois também não somos jovenzinhos para andar nos encontrando por aí como loucos e desatinados. Como ainda haveríamos de nos regalar? Eu cuido das coisas, vivo num corre-corre para satisfazê-lo.

Catierina Lvovna torna a correr para apanhar o samovar e mais uma vez dá um pulinho até onde está Serguiêi, saco-de-o e diz: "Para de bocejar, Seriója!".

Serguiêi não sabia direito em que tudo isso iria dar, entretanto ficou de sobreaviso.

Volta Catierina Lvovna, encontrando Zinóvi Boríssitch ajoelhado na cama, pendurando na parede acima da cabeceira seu relógio de prata com cordão de miçanga.

— Por que a senhora, Catierina Lvovna, preparou a cama para dois se estava sozinha? — perguntou de repente e de forma meio esquisita à mulher.

— Eu estava sempre à espera do senhor — responde ela calmamente, olhando para ele.

— Também por isto sou muito grato à senhora... Mas esse objeto aqui, como é que veio aparecer no meio do edredom?

Zinóvi Boríssitch levanta do lençol o pequeno cinto de lã de Serguiêi e o segura pela ponta diante do olhar de mulher.

Catierina Lvovna nem vacila.

— Achei no jardim e prendi minha saia com ele.

— É! — pronunciou ele com um acento especial — também ouvi qualquer coisa sobre as suas saias.

— O que foi que o senhor ouviu?

— Sobre uns casos interessantes em que a senhora andou metida.

— Não andei metida em caso nenhum.

— Bem, isso nós vamos apurar, vamos apurar tudo — respondeu Zinóvi Boríssitch, estendendo à mulher a xícara bebida.

Catierina Lvovna calou-se.

— Esses seus casos nós vamos apurar todos, fato por fato, Catierina Lvovna — disse ainda Zinóvi Boríssitch após longa pausa, piscando para a mulher.

— Só que essa sua Catierina Lvovna não é das mais medrosas. Essa história aí não lhe mete medo — respondeu ela.

— O quê?! o quê?! — gritou Zinóvi Boríssitch, levantando a voz.

— Nada, deixemos para lá — respondeu ela.

— Vê bem o que vais me arranjar! Parece que andas falastrona demais por aqui.

— E a troco de que eu não iria ser falastrona?

— Devias era te reservar mais.

— Não tenho por que me reservar. Sabe-se lá quem andou dando à língua com o senhor; e agora eu que aguente todo tipo de insulto contra mim! Só me faltava mais essa!

— Não se trata de dar à língua, mas de notícia verdadeira dos seus amores.

— De que espécie de amores? — gritou ela, francamente inflamada.

— Eu sei de que espécie.

— Se sabe, então vamos lá: seja mais claro!

Zinóvi Boríssitch calou-se, e tornou a estender à mulher a xícara vazia.

— Vê-se que não tem do que falar — respondeu com desdém Catierina Lvovna, lançando inflamada a colher de chá no pires do marido. — Vamos, desembuche, de quem lhe falaram? quem é o meu amante?

— Saberá, não se apresse muito.

— Será que alguém andou lhe inventando coisas sobre Serguiêi?

— Vamos apurar, Catierina Lvovna, vamos apurar. O nosso poder sobre a senhora ninguém aboliu e abolir ninguém pode... A senhora mesma vai começar a falar...

— Xi, não suporto isso! — exclamou Catierina Lvovna

rangendo os dentes e, pálida como um papel, disparou de repente porta afora.

— Bem, aqui está ele — pronunciou após alguns segundos, introduzindo Serguiêi no quarto pela manga do casaco. — Interrogue a ele e a mim também sobre isso aí que o senhor sabe. Pode ser até que fique sabendo de mais coisa do que gostarias![14]

Zinóvi Boríssitch chegou a desconcertar-se. Olhava ora para Serguiêi, em pé ao lado da porta, ora para a mulher, sentada tranquilamente de braços cruzados numa ponta da cama, sem atinar em nada do que se avizinhava.

— O que estás fazendo, sua cobra? — a custo conseguiu articular, sem se levantar da poltrona.

— Indaga sobre o que já sabes tão bem — respondeu ela com petulância. — Tu imaginavas me intimidar me dando uma sova — continuou ela, piscando significativamente os olhos —, mas isso não vai acontecer nunca; mesmo antes dessas tuas promessas eu já sabia o que ia fazer contigo, e vou fazer.

— O que é isso? fora! — gritou Zinóvi Boríssitch com Serguiêi.

— Que dúvida! — arremedou Catierina Lvovna.

Ela fechou a porta com agilidade, enfiou a chave no bolso e tornou a apoiar-se na cama metida em sua camisolinha.

— Anda, Seriójotchka,[15] vem cá, vem, meu pombinho — chamou para perto de si o capataz.

Serguiêi sacudiu as madeixas e sentou-se acintosamente ao lado da patroa.

— Ó, Senhor! Meu Deus! Mas o que é isso? O que vocês estão querendo, seus bárbaros?! — gritou Zinóvi Boríssitch todo vermelho e levantando-se da poltrona.

[14] Catierina Lvovna alterna os pronomes pessoais de segunda pessoa. (N. do T.)

[15] Outro diminutivo do nome Serguiêi. (N. do T.)

— O quê? Ou será que não estás gostando? Olha, olha o meu falcão, olha que beleza!

Catierina Lvovna caiu na risada e deu um beijo apaixonado em Serguiêi na frente do marido.

Nesse instante uma estrondosa bofetada lhe ardeu na face e Zinóvi Boríssitch precipitou-se em direção à janela aberta.

CAPÍTULO OITAVO

— Ah... ah, quer dizer que é assim!... então agradeço, meu caro amigo. Era só o que eu estava esperando! — gritou Catierina Lvovna. — Pois agora veremos... será do meu jeito, e não do teu...

Com um movimento ela afastou Serguiêi, lançou-se rapidamente sobre o marido e, antes que Zinóvi Boríssitch conseguisse alcançar a janela, agarrou-o pela goela, por trás, com seus dedos finos, e o atirou no chão como se atira um feixe de mato verde.

Ao cair pesada e estrondosamente e bater com toda força o occipital contra o chão, Zinóvi Boríssitch ficou totalmente fora de si. Não esperava absolutamente tão rápido desfecho. Esse ato de violência que a mulher empregava pela primeira vez contra ele mostrou-lhe que ela estava decidida a tudo com o único fim de se livrar dele, e que sua situação era extremamente perigosa. Zinóvi Boríssitch atinou em tudo isso num abrir e fechar de olhos no momento de sua queda, e não gritou por saber que sua voz não chegaria aos ouvidos de ninguém e só iria acelerar ainda mais a coisa. Correu em silêncio a vista e, com uma expressão de raiva, censura e sofrimento, deteve-a na mulher, cujos dedos finos lhe apertavam com força a garganta.

Zinóvi Boríssitch não se defendia; seus braços, com os punhos fortemente cerrados, estavam estirados e se contraíam convulsivamente. Tinha um deles inteiramente livre, o outro Catierina Lvovna calcava com o joelho contra o chão.

— Segura-o — sussurrou Catierina Lvovna a Serguiêi com indiferença, virando-se para o marido.

Serguiêi sentou-se em cima dele, calcou-lhe ambas as mãos com os joelhos e, pondo as mãos por baixo das de Catierina Lvovna, tentou agarrar a garganta do patrão, mas nesse instante ele mesmo deu um grito desesperado. À vista do seu ofensor, uma vingança sangrenta animou em Zinóvi Boríssitch todas as últimas forças: ele deu um puxão terrível, arrancou as mãos que estavam calcadas sob os joelhos de Serguiêi, cravou-as naquelas madeixas negras e como uma fera mordeu-lhe a garganta. Mas isso durou pouco: no mesmo instante Zinóvi Boríssitch gemeu com dificuldade e deixou cair a cabeça.

Pálida, quase inteiramente sem ar, Catierina Lvovna inclinava-se sobre o marido e o amante; tinha na mão direita um pesado castiçal de ferro fundido, que segurava pelo extremo superior, com a parte pesada para baixo. Um filete de sangue rubro escorria por uma das têmporas e pelo pescoço de Zinóvi Boríssitch.

— Chamem um pope — Zinóvi Boríssitch gemeu estupidamente, desviando a cabeça para o mais distante possível de Serguiêi, sentado sobre ele. — Quero me confessar — pronunciou de modo ainda mais desarticulado, tremendo e olhando de esguelha para o sangue morno que se condensava debaixo de seus cabelos.

— Estás bem assim — sussurrou Catierina Lvovna. — Chega de moleza com ele — disse ela a Serguiêi —, aperta bem a garganta dele.

Zinóvi Boríssitch começou a agonizar.

Catierina Lvovna curvou-se, apertou com suas mãos as mãos de Serguiêi, que estavam sobre a garganta do marido, e pousou-lhe o ouvido no peito. Depois de cinco silenciosos minutos, soergueu-se e disse: "Basta, chega de lidar com ele!".

Serguiêi também se levantou e resfolegou. Zinóvi Boríssitch jazia morto, com a garganta estrangulada e uma têmpora rachada. Sob a cabeça, do lado esquerdo, aparecia uma pequena mancha de sangue, que, entretanto, já não escorria mais do ferimento coagulado coberto de cabelos.

Serguiêi carregou Zinóvi Boríssitch para a adega, construída no subsolo da mesma despensa de pedra, onde ainda recentemente ele próprio, Serguiêi, havia sido trancafiado pelo falecido Borís Timofiêitch, e voltou para o torreão. Enquanto isso Catierina Lvovna, com as mangas da camisolinha arregaçadas e a barra arrepanhada bem alto, lavava minuciosamente com bucha e sabão a mancha de sangue deixada por Zinóvi Boríssitch no chão do seu aposento. A água ainda não esfriara no samovar, do qual Zinóvi Boríssitch aquecera sua alminha de proprietário com chá envenenado, e a mancha saiu sem deixar qualquer vestígio.

Catierina Lvovna pegou uma tigela de cobre de enxaguar e uma bucha ensaboada.

— Vamos, alumia aqui — disse a Serguiêi, que caminhava na direção da porta. — Mais embaixo, alumia mais embaixo — dizia ela, examinando atentamente todas as tábuas do soalho por onde Serguiêi devia ter arrastado Zinóvi Boríssitch até a própria cova.

Em apenas dois lugares do piso pintado havia duas minúsculas manchinhas de sangue do tamanho de uma cereja. Catierina Lvovna limpou-as com a bucha e elas sumiram.

— É isso aí, não penetres que nem ladrão no quarto de tua mulher, não te metas a espreitar — pronunciou Catierina Lvovna, aprumando-se e olhando na direção da despensa.

— Agora acabou — disse Serguiêi, e estremeceu ao som da própria voz.

Quando os dois voltaram para o dormitório, uma nesguinha rubra e fina de aurora irrompia no leste e, dourando levemente as macieiras vestidas de flor, infiltrava-se por entre as estacas verdes da grade do jardim no quarto de Catierina Lvovna.

No pátio, de peliça atirada sobre os ombros, benzendo-

-se e bocejando, o velho administrador se arrastava do galpão para a cozinha.

Catierina Lvovna puxou cuidadosamente a veneziana acionada por uma cordinha e examinou atentamente Serguiêi, como se desejasse ver com clareza a alma dele.

— Pois bem, agora tu és um comerciante — disse ela, pondo suas mãos brancas nos ombros de Serguiêi.

Serguiêi nada respondeu.

Os lábios de Serguiêi tremiam, e ele mesmo estava tomado de febre. Só os lábios de Catierina Lvovna estavam frios.

Dois dias depois, nas mãos de Serguiêi apareceram uns calos grandes, provocados pela alavanca e a pá de cavar: em compensação, Zinóvi Boríssitch estava tão bem acomodado em sua cova que sem a ajuda de sua viúva ou do amante dela ninguém iria descobri-lo antes da ressurreição universal.

CAPÍTULO NONO

Serguiêi andava com um lenço escarlate enrolado no pescoço e se queixava de algum incômodo na garganta. Enquanto isso, antes que se apagassem em seu pescoço as marcas deixadas pelos dentes de Zinóvi Boríssitch, deram pela falta do marido de Catierina Lvovna. O próprio Serguiêi começou a falar nele com frequência ainda maior que os outros. Sentava-se à tardinha com os rapazes num banco ao lado da cancela, e começava: "Que coisa, rapaziada, não é que até hoje o nosso patrão anda mesmo sumido!".

Os rapazes também ficavam surpresos.

Eis que chega do moinho a notícia de que o patrão alugara cavalos e partira para casa havia muito tempo. O cocheiro que o transportara contava que Zinóvi Boríssitch parecia transtornado e o liberara de um jeito meio esquisito: a umas três verstas da cidade, desceu da carroça nas proximidades do mosteiro, pegou o surrão e se foi. Ao ouvir semelhante história, todos ficavam ainda mais surpresos.

Zinóvi Boríssitch sumira, e nada mais.

Vieram as buscas, mas nada se descobriu: o comerciante não dava sinal de vida. Pelo depoimento do cocheiro detido, soube-se apenas que ele descera à beira do rio, nas proximidades do mosteiro, e se fora. O caso não foi esclarecido, e enquanto isso Catierina Lvovna ia vivendo livre com Serguiêi na condição de viúva. Inventava-se a esmo que Zinóvi Boríssitch estava ora ali, ora acolá, mas nada de Zinóvi Boríssitch voltar, e Catierina Lvovna sabia melhor que ninguém que voltar lhe seria totalmente impossível.

Assim se passou um mês, e outro, e um terceiro, e Catierina Lvovna começou a sentir uns incômodos.

— Vamos ter nosso capital, Seriójotchka; eu estou com um herdeiro na barriga — disse a Serguiêi e foi à Duma queixar-se de que, fosse como fosse, ela sentia que estava grávida e a estagnação começava a afetar os negócios: que lhe dessem acesso a tudo.

Não era para se deixar que os negócios fossem à ruína. Catierina Lvovna era esposa legítima de seu marido; não havia débitos em vista, então era o caso de lhe darem acesso a tudo. E lhe deram.

Vive Catierina Lvovna, reina, e sob seu reinado Seriója já é chamado de Serguiêi Filípitch;[16] e de repente, pimba: de maneira totalmente inesperada aparece uma nova desgraça. De Líven escrevem ao prefeito que Borís Timofiêitch negociava com um dinheiro que não era todo seu, que ele tinha em circulação mais dinheiro do seu sobrinho Fiódor Zakhárov Liámin, menor de idade, do que propriamente seu, que se devia examinar essa questão e não deixá-la só a cargo de Catierina Lvovna. A notícia chegou, o prefeito tratou do assunto com Catierina Lvovna, e uma semana depois, zás — chega de Líven uma velhota com um menino pequeno.

— Eu — diz ela — sou prima de Borís Timofiêitch, e este é meu sobrinho Fiódor Liámin.

Catierina Lvovna os recebeu.

Observando do pátio a chegada das visitas e a recepção que Catierina Lvovna lhes deu, Serguiêi ficou pálido como um lenço.

— O que tens? — perguntou-lhe a patroa, notando-lhe a palidez mortiça quando ele entrou atrás das visitas, observando-as, e ficou parado na antessala.

---

[16] Entre os russos, o emprego do nome acompanhado do patronímico denota respeito. (N. do T.)

— Nada — respondeu o capataz, virando-se da antessala para o saguão. — Estou pensando o quanto é surpreendente esse pessoal de Líven — concluiu suspirando, fechando atrás de si a porta do saguão.

— Então, como é que vai ser agora? — perguntou a Catierina Lvovna Serguiêi Filípitch, sentado com ela à noite diante do samovar. — Agora, Catierina Ilvovna, todo o nosso negócio vai virar pó.

— Por que virar pó?

— Porque agora tudo isso vai ser dividido. O que é que vamos administrar, um negócio vazio?

— Ora essa, Seriója, será que estás achando pouco?

— Mas o problema não é comigo; eu só duvido que agora a gente vá ter aquela felicidade.

— Como assim? Por que nós não vamos ter aquela felicidade, Seriója?

— Porque, pelo amor que tenho pela senhora, Catierina Ilvovna, eu desejaria vê-la uma verdadeira dama e não vivendo do jeito que a senhora tem vivido até agora — respondeu Serguiêi Filípitch. — Ao contrário, com a diminuição do capital nós ainda vamos acabar vivendo até bem pior do que antes.

— E por que eu iria precisar disso, Seriójotchka?

— É verdade, Catierina Ilvovna, pode ser que a senhora não tenha nenhum interesse nisso, só que para mim, que a estimo — e mais uma vez contrariando o olhar das pessoas, que são infames e invejosas — isso será terrivelmente doloroso. A senhora faça como achar conveniente, é claro, mas eu tenho pra mim que essas circunstâncias nunca vão me fazer feliz.

E Serguiêi deu de bater e rebater nessa tecla com Catierina Lvovna, dizendo que por causa de Fiédia[17] Liámin ele

---

[17] Diminutivo de Fiódor. (N. do T.)

se tornara o mais infeliz dos homens, que fora privado da futura possibilidade de exaltar e distinguir a ela, Catierina Lvovna, perante toda a sua classe de comerciantes. E Serguiêi sempre repisava que, se não fosse esse Fiédia, ela, Catierina Lvovna, daria à luz um filho antes que o desaparecimento do marido completasse nove meses, todo o capital ficaria para ela e então a felicidade dos dois não teria fim nem limite.

CAPÍTULO DÉCIMO

Depois, subitamente Serguiêi parou de vez de falar no herdeiro. Tão logo cessaram em seus lábios as referências a ele, Fiédia Liámin cravou-se no coração e na mente de Catierina Lvovna. Ela chegou a ficar pensativa e até descarinhosa com Serguiêi. Se dormia, se saía para cuidar dos negócios, se orava a Deus, só uma coisa tinha em mente: "Que história é essa? por que vou ter mesmo de ficar sem o capital por causa dele? Como eu sofri, quantos pecados cometi" — pensa Catierina Lvovna —, "e ele chega sem nenhum trabalho e me toma... Se pelo menos fosse um homem, mas é uma criança, um menino...".

Lá fora caía uma geada temporã. Quanto a Zinóvi Boríssitch, naturalmente não chegavam quaisquer rumores de lugar nenhum. Catierina Lvovna engordava e andava cada vez mais pensativa; na cidade badalavam a seu respeito, assuntando como e por que a jovem Izmáilova, que era toda esterilidade, que só fazia emagrecer e secar, de repente dera de inchar pela frente. Enquanto isso, o adolescente co-herdeiro Fiédia Liámin batia pernas pelo quintal, metido num leve sobretudo de pele de esquilo e quebrando placas finas de gelo sobre as poças.

— Ora, Fiódor Ignátitch! ora, filho de comerciante! — vez por outra gritava com ele a cozinheira Akcínia, correndo pelo quintal. — Por que te deu na telha ficar aí mexendo em poças, filho de comerciante?

Mas o co-herdeiro, que perturbava o objetivo de Catierina Lvovna, agitava as pernas como um cabritinho plácido e ainda mais plácido dormia de frente para a velha que cuidava dele, sem pensar nem imaginar que havia atravessado o caminho ou diminuído a felicidade de alguém.

Por fim Fiédia pegou catapora, e a esta ainda se juntou uma gripe com dor no peito, e o menino caiu de cama. Primeiro trataram dele com ervas, mas depois até médico mandaram chamar.

O médico começou a fazer suas visitas, a prescrever remédios, passaram a dá-los ao menino em horas marcadas; ora a própria velha lhe dava, ora pedia a Catierina Lvovna.

— Faz esse favor, Catierínuchka[18] — diz ela —, tu mesma, minha cara, estás de barriga, tu mesma esperas a justiça divina; faz esse favor.

Catierina Lvovna não se negava a atender a velha. Fosse ela às vésperas rezar pelo "adolescente Fiódor que estava acamado, doente", ou à missa matutina rezar uma horinha por ele, Catierina Lvovna ficava ao lado do doente, e lhe dava de beber, e lhe dava os remédios na hora.

Pois bem, foi a velhota às vésperas e às comemorações da Entrada[19] e pediu a Catierínuchka que tomasse conta de Fiédiuchka.[20] A essa altura o menino já estava convalescendo.

Catierina Lvovna entrou no quarto de Fiédia, que estava sentado na cama em seu sobretudo de pele de esquilo e lia o *Paterik*.

— O que é isso que estás lendo, Fiédia? — perguntou-lhe Catierina Lvovna, sentando-se numa poltrona.

— Estou lendo uma hagiografia, titia.

— É interessante?

— Muito interessante, titia.

---

[18] Diminutivo ou forma carinhosa do nome Catierina. (N. do T.)

[19] Festa religiosa comemorada no dia 21 de novembro em homenagem ao dia da entrada da Virgem Maria no templo. (N. do T)

[20] Outro diminutivo do nome Fiódor. (N. do T.)

Catierina Lvovna apoiou-se numa das mãos e ficou a olhar para Fiédia, que mexia os lábios, e de repente foi como se os demônios arrebentassem as correntes, acorreram-lhe de vez seus antigos pensamentos sobre o grande mal que esse menino lhe havia causado e como seria bom se ele não existisse.

"Vejam só" — pensava Catierina Lvovna —, "ora, ele está doente; está tomando remédio... o que não acontece quando se está doente!... Direi apenas que o médico não receitou o remédio adequado."

— Fiédia, não está na hora do teu remédio?

— Por favor, titia — respondeu o menino e, sorvendo uma colherada, acrescentou: — é muito interessante, titia, é uma descrição da vida dos santos.

— Então continua lendo — deixou escapar Catierina Lvovna e, percorrendo o quarto com um olhar frio, deteve-o nas janelas cobertas de figuras desenhadas pelo frio.

— Preciso mandar fechar as janelas — disse ela, e saiu para a sala de visitas, desta para o salão, daí subiu aos seus aposentos e sentou-se.

Uns cinco minutos depois Serguiêi entrou calado nos mesmos aposentos lá em cima, metido numa peliça de carneiro orlada de uma felpuda pele de foca.

— Fecharam as janelas? — perguntou-lhe Catierina Lvovna.

— Fecharam — Serguiêi respondeu com voz entrecortada, limpou a vela com uma pinça e pôs-se ao lado da lareira.

Fez-se silêncio.

— O ofício religioso desta noite vai terminar cedo?[21] — perguntou Catierina Lvovna.

— A grande festa é amanhã: o serviço de hoje vai demorar — respondeu Serguiêi.

---

[21] Trata-se da *vsénochnaia*, ofício religioso ortodoxo que se realiza na véspera de uma grande festa e dura a noite inteira. (N. do T.)

Fez-se mais uma pausa.

— Preciso ir ter com Fiédia: ele está lá sozinho — pronunciou Catierina Lvovna, levantando-se.

— Sozinho? — perguntou-lhe Serguiêi, olhando de soslaio.

— Sozinho — respondeu ela com um murmúrio —, por quê?

E foi como se algum fio cintilasse com a rapidez de um raio entre os olhos de um e os olhos do outro; no entanto, ninguém disse mais nada.

Catierina Lvovna desce, passa pelos cômodos desertos: reina o silêncio em toda parte; as lamparinas ardem tranquilamente; a sombra dela corre pelas paredes; com as venezianas fechadas, os vidros das janelas começam a degelar e lacrimejar. Fiédia está sentado e lê. Ao ver Catierina Lvovna, apenas diz:

— Titia, guarde esse livrinho e me dê por favor aquele ali, que está no nicho do ícone.

Catierina Lvovna atende ao pedido do sobrinho e lhe dá o livro.

— Não vais dormir, Fiédia?

— Não, titia, vou esperar a *bábuchka*.[22]

— Por que esperá-la?

— Ela me prometeu trazer pão bento do ofício noturno.

Súbito Catierina Lvovna empalideceu, seu próprio filho se mexera pela primeira vez, sob o coração, e um frio lhe correu pelo peito. Ela permaneceu um pouco no meio do quarto e saiu, enxugando as mãos frias.

— Então?! — sussurrou ela, entrando silenciosamente em seus aposentos e reencontrando Serguiêi na posição anterior, ao lado da lareira.

— O quê? — perguntou Serguiêi com voz que mal se ouvia, e virou-se.

---

[22] Avó ou velha. (N. do T.)

— Ele está só.

Serguiêi moveu o sobrolho e pôs-se a respirar com dificuldade.

— Vamos — disse com ímpeto Catierina Lvovna, voltando-se para a porta.

Serguiêi tirou rapidamente as botas e perguntou:

— O que levar?

— Nada — respondeu Catierina Lvovna só com um suspiro, e o conduziu silenciosamente pelo braço.

CAPÍTULO DÉCIMO PRIMEIRO

O menino doente estremeceu e baixou o livro sobre os joelhos quando Catierina Lvovna entrou em seu quarto pela terceira vez.

— O que tens, Fiédia?

— Ui, titia, eu me assustei com alguma coisa — respondeu ele, sorrindo inquieto e apertando-se contra o canto da cama.

— Com que te assustaste?

— Quem vinha vindo com a senhora, titia?

— Onde? Ninguém vinha comigo, querido.

— Ninguém?

O menino espreguiçou-se em direção aos pés da cama e, apertando os olhos, olhou no sentido da porta por onde a tia entrara e acalmou-se.

— Na certa foi impressão minha — disse ele.

Catierina Lvovna parou, com os cotovelos apoiados na parede atrás da cabeceira da cama do sobrinho.

Fiédia olhou para a tia e observou-lhe que por alguma coisa ela estava totalmente pálida.

Em resposta a essa observação, Catierina Lvovna tossiu espontaneamente e olhou com expectativa para a porta da sala de visitas. Dali se ouviu apenas o estalo baixo de uma tábua.

— É a vida do meu anjo, São Teodoro de Stratilato, que estou lendo, titia. Esse sim agradou a Deus.

Lady Macbeth do distrito de Mtzensk

Catierina Lvovna estava em pé, calada.

— Sente-se, titia, quer que eu torne a ler para a senhora? — acarinhava-a o sobrinho.

— Espera, num instante eu vou ajeitar a lamparina da sala — respondeu Catierina Lvovna e saiu apressando os passos.

Na sala de visitas ouviu-se um sussurro baixíssimo: mas, em meio ao silêncio geral, ele chegou ao ouvido sensível da criança.

— Titia! mas o que é isso? Com quem a senhora está cochichando aí? — o menino deu um gritinho entre lágrimas. — Venha cá, titia, estou com medo — chamou um segundo depois com voz ainda mais chorosa, e pareceu-lhe ouvir que lá na sala Catierina Lvovna disse a alguém um "então?", que o menino pensou que fosse com ele.

— De que estás com medo? — perguntou-lhe Catierina Lvovna com voz meio enrouquecida, entrando a passos firmes, decididos, e parando ao lado da cama, de tal forma que seu corpo encobria a visão da porta da sala. — Deita-te — disse ela em seguida.

— Eu não quero, titia.

— Não, Fiédia, obedece, deita-te, já está na hora; deita-te — repetia Catierina Lvovna.

— Ô, titia, o que é isso! eu não estou com nenhuma vontade.

— Não, continua deitado, deitado — pronunciou Catierina Lvovna com voz outra vez alterada, pouco firme, e agarrando o menino por baixo das axilas o pôs na cabeceira.

Nesse instante Fiédia deu um grito frenético: viu Serguiêi, que entrava pálido, descalço.

Catierina Lvovna tapou com a mão a boca do menino assustado, aberta de pavor, e gritou:

— Anda depressa; segura por igual para que não se debata!

Serguiêi segurou os braços e as pernas de Fiédia, enquanto com um só movimento Catierina Lvovna cobriu o rostinho infantil do mártir com um grande travesseiro de penugem e fez cair sobre ele seu busto vigoroso, rijo.

Durante uns quatro minutos reinou no quarto um silêncio sepulcral.

— Finou-se — sussurrou Catierina Lvovna e, mal se soergueu a fim de pôr tudo em ordem, as paredes daquela casa tranquila, que encobria tantos crimes, tremeram com batidas demolidoras: as janelas retiniam, o piso oscilava, as correntes das lamparinas penduradas estremeciam e se projetavam nas paredes como sombras fantasmáticas.

Serguiêi começou a tremer e — pernas pra que te quero! Catierina Lvovna precipitou-se atrás dele, e o barulho e o alarido atrás dos dois. Parecia que forças extraterrenas sacudiam até os alicerces da casa pecaminosa.

Catierina Lvovna estava com medo de que Serguiêi, tangido pelo pavor, fosse correr para o quintal e denunciar-se levado pelo pavor; mas ele se precipitou diretamente para o torreão.

Ao subir correndo a escada, no escuro, Serguiêi deu com a testa na porta entreaberta e despencou gemendo escada abaixo, totalmente enlouquecido pelo pavor supersticioso.

— Zinóvi Boríssitch, Zinóvi Boríssitch! — balbuciava ele, voando pela escada de cabeça para baixo e arrastando Catierina Lvovna, que ele derrubara.

— Quede?

— Olhe ali, acima da gente, passou voando com uma chapa de ferro na mão. Olhe ali, olhe, outra vez! Ai, ai! — gritou Serguiêi —, está ribombando, ribombando de novo.

Agora estava muito claro que uma infinidade de mãos batia pelo lado de fora em todas as janelas, e alguém forçava a porta.

— Imbecil! levanta, imbecil! — gritou Catierina Lvovna, e com essas palavras ela mesma voou em direção a Fiédia, ajeitou-lhe a cabeça morta no travesseiro na mais natural pose de dormir e, com mão firme, abriu a porta que um bando de pessoas forçava.

O espetáculo era aterrador. Catierina Lvovna olhou por cima da multidão que cercava o terraço de entrada,[23] enquanto filas inteiras de desconhecidos pulavam a cerca quintal adentro e ouvia-se na rua um coro humano de lamentos.

Catierina Lvovna mal conseguiu atinar no que estava acontecendo; o povo, que cercava o terraço, acabou atropelando-a e lançando-a para dentro dos aposentos.

[23] Do russo *kriltzó*, espécie de terraço ou alpendre fechado, que dá entrada a palacetes senhoriais e também a casas simples. (N. do T.)

CAPÍTULO DÉCIMO SEGUNDO

Mas todo esse rebuliço aconteceu veja-se de que maneira: nas vésperas de cada uma das doze festas principais da Igreja Ortodoxa, em todas as igrejas, até mesmo em uma cidade distrital, se bem que bastante grande e dotada de indústria, como a cidade em que mora Catierina Lvovna, é um nunca acabar de gente, e na igreja onde, no dia seguinte, haveria a festa do padroeiro, não havia nem lugar para se botar um pé. Aí costumam cantar coristas escolhidos entre rapagões filhos de comerciantes e regidos por um regente especial, também oriundo de aficionados da arte vocal.

Nosso povo é religioso, dedicado à igreja de Deus, e por tudo isso é um povo artístico a seu modo: a beleza da igreja e o canto harmonioso como um órgão são para ele um dos deleites mais elevados e mais puros. Onde cantam os coristas reúne-se quase metade da cidade, particularmente jovens do comércio: caixeiros, meninos, rapagões, mestres de fábricas, de usinas, e os próprios patrões com suas caras-metades — todos se juntam numa só igreja; cada um quer ao menos ficar um tempo no adro, ouvir, ainda que seja ao pé da janela, no calor tórrido ou no frio de rachar, o organista tirar uma oitava e o tenor forasteiro derramar os mais caprichosos melismas.

Na igreja paroquial da casa dos Izmáilov havia um altar em homenagem à entrada da Virgem Santíssima no templo e por isso, na noite da véspera dessa festa, no mesmo instante em que ocorria com Fiédia o que aqui descrevemos, os

Lady Macbeth do distrito de Mtzensk

jovens de toda a cidade estavam nessa igreja e, ao saírem em ruidosa turba, discutiam sobre os méritos do famoso tenor e as casuais escorregadelas do baixo igualmente famoso.

Mas nem todos estavam interessados nessas questões vocais: na multidão também havia pessoas interessadas em outras questões.

— Vejam só, rapazes, andam até dizendo coisas estranhas sobre a jovem Izmáilikha[24] — começou a falar, aproximando-se da casa dos Izmáilov, um jovem maquinista trazido de Petersburgo por um comerciante para trabalhar em seu moinho a vapor —, andam dizendo por aí — continuou ele — que ela está sempre de amores com seu capataz Seriójka...

— Todo mundo sabe disso — respondeu um de casaco de peles, coberto de um grosseiro pano azul. — Esta noite parece que ela nem estava na igreja.

— Que igreja que nada! Essa mulherzinha indecente está tão suja que já não teme nem a Deus, nem a consciência, nem o olhar das pessoas.

— Olhem, eles estão de luz acesa — observou o maquinista, apontando para uma nesga de luz entre as venezianas.

— Vamos dar uma olhadinha pelas brechas, o que será que estão fazendo? — sibilaram várias vozes.

O maquinista apoiou-se nos ombros de dois companheiros e, mal chegou o olho a um batente da veneziana, berrou feito possesso:

— Meus irmãozinhos, meus caros!, estão sufocando alguém, sufocando.

E o maquinista começou a bater desesperadamente com as mãos na veneziana. Umas dez pessoas seguiram o exemplo dele e, trepando nas janelas, também começaram a esmurrá-las.

A multidão aumentava a cada instante, e deu-se o cerco que já conhecemos à casa dos Izmáilov.

[24] Variação do sobrenome Izmáilov. (N. do T.)

— Eu mesmo vi, vi com meus próprios olhos — testemunhava o maquinista sobre o corpo morto de Fiédia —, a criança estava subjugada no leito e eles dois a sufocavam.

Na mesma noite levaram Serguiêi para a delegacia de polícia e Catierina Lvovna para o seu quarto no piso superior, onde ficou sendo vigiada por dois guardas.

Na casa dos Izmáilov fazia um frio insuportável: não se acendia o forno,[25] a porta não parava fechada: uma densa multidão de curiosos substituía outra. Todo mundo aparecia para ver Fiédia estirado no caixão e outro caixão grande, compactamente fechado e ainda coberto por uma colcha larga. Fiédia tinha na testa uma corola de cetim branco, que cobria a cicatriz vermelha produzida pela autópsia do crânio. A autópsia médico-legal revelou que Fiédia morrera por sufocamento, e Serguiêi, levado ao cadáver do menino, ao ouvir as primeiras palavras do sacerdote sobre o Juízo Final e o castigo para aqueles que não se arrependem, desatou a chorar, e não só confessou com toda franqueza o assassinato de Fiédia como ainda pediu que exumassem Zinóvi Boríssitch, que ela havia soterrado, não sepultado. O cadáver do marido de Catierina Lvovna, enterrado na areia seca, ainda não estava inteiramente decomposto: tiraram-no e o puseram em um caixão grande. Para o horror geral, Serguiêi mencionou a jovem patroa como sua comparsa em ambos os crimes. A todas as perguntas Catierina Lvovna respondia apenas: "Não sei e não faço ideia de nada disso". Fizeram a acareação dela com Serguiêi. Ao ouvir a confissão dele, Catierina Lvovna olhou para ele muda de estupefação, mas sem ira, e depois disse com indiferença:

— Se ele contou isso de bom grado, eu não tenho por que não reconhecer a culpa: eu matei.

---

[25] Além do uso comum, o tradicional forno russo serve também para aquecer o ambiente e até mesmo como cama. (N. do T.)

Lady Macbeth do distrito de Mtzensk

— Mas por quê? — perguntaram-lhe.

— Por ele — respondeu ela, apontando para Serguiêi, que inclinara levemente a cabeça.

Puseram os criminosos separados numa prisão, e o terrível caso, que chamou a atenção e provocou a indignação geral, foi resolvido com muita rapidez. No final de fevereiro, a Câmara de Justiça condenou Serguiêi e Catierina Lvovna, viúva de um comerciante da terceira guilda, à pena de açoites na praça do comércio de sua cidade e posterior deportação para trabalhos forçados. No início de março, numa manhã muito fria, o carrasco aplicou o devido número de vergões rubro-azuis nas costas brancas e nuas de Catierina Lvovna, depois aplicou uma porção também nos ombros de Serguiêi e lhe carimbou o belo rosto com os três sinais de galé.

Sabe-se lá por quê, durante toda essa fase, Serguiêi suscitou bem mais a compaixão geral do que Catierina Lvovna. Lambuzado e ensanguentado, ele caiu ao descer do patíbulo negro, ao passo que Catierina Lvovna desceu tranquilamente, apenas procurando evitar que a camisa espessa e a grosseira *svita*[26] de prisioneiro grudassem em suas costas ensanguentadas.

Mesmo quando lhe entregaram o filho no hospital da prisão, ela se limitou a dizer: "Ele que se dane!", e, virando-se na direção da parede, deixou-se cair de peito na cama dura, sem nenhum gemido, sem nenhuma queixa.

---

[26] Veste camponesa larga e comprida, usada sobre a roupa. (N. do T.)

CAPÍTULO DÉCIMO TERCEIRO

A leva de prisioneiros em que foram incluídos Serguiêi e Catierina Lvovna pôs-se a caminho num dia em que só era primavera no calendário, e o solzinho ainda "iluminava muito, mas não aquecia", como diz o provérbio popular. A educação do filho de Catierina Lvovna ficou a cargo de uma velha, irmã de Borís Timofiêitch, uma vez que, considerada filha legítima do marido morto da assassina, a criança era agora a única herdeira de toda a herança dos Izmáilov. Catierina Lvovna ficou muito satisfeita com isso e entregou a criança com muita indiferença. Do amor que nutria pelo pai, como o amor de muitas mulheres excessivamente apaixonadas, ela não transmitiu nenhuma parcela ao filho.

Aliás, para ela não existia a luz nem a escuridão, nem o mal nem o bem, nem o tédio nem a alegria; ela não compreendia nada, não amava ninguém, não amava nem a si mesma. Aguardava com impaciência apenas que a leva de prisioneiros se pusesse a caminho, onde nutria a esperança de encontrar-se com o seu Seriójotchka, pois até já se esquecera de pensar na criança.

As esperanças de Catierina Lvovna não a enganaram: envolvido por correntes pesadas, Serguiêi, marcado com os sinais de galé, atravessou o portão da prisão na mesma leva que ela.

O homem, na medida do possível, se habitua a qualquer situação abominável, e na medida do possível mantém, em cada situação, a capacidade de perseguir suas parcas alegrias;

Lady Macbeth do distrito de Mtzensk

mas Catierina Lvovna não tinha por que se adaptar a nada: vê Serguiêi e, ao lado dele, o caminho para os trabalhos forçados lhe floresce em felicidade.

Catierina Lvovna levou pouca coisa de valor na sacola estampada de linho rústico, e dinheiro menos ainda. Mas tudo isso, ainda longe de chegar a Nijni,[27] ela deu aos sargentos da escolta pela oportunidade de caminhar ao lado de Serguiêi e passar uma horinha de uma noite escura abraçada com ele no recanto frio do estreito corredor do ponto de pernoite.

Só que o amiguinho agora marcado de Catierina Lvovna andava meio descarinhoso com ela: o que quer que ela dissesse, ele cortava; não dava maiores importâncias aos encontros secretos, pelos quais ela, deixando de comer e de beber, tirava do magro porta-níqueis vinte e cinco copeques que a ela mesma faziam falta; e mais de uma vez ele chegou até a dizer:

— Em vez de dar dinheiro ao sargento para sair e vir alisar os cantos do corredor comigo, era melhor que o desses a mim.

— Mas eu dei só uma moedinha de vinte e cinco copeques, Seriójenka — justificava-se Catierina Lvovna.

— E vinte e cinco copeques não é dinheiro? Reservaste muitas dessas moedinhas de vinte e cinco para a viagem, mas vai ver que andaste distribuindo um bocado delas.

— Por isso nós nos vimos, Seriója.

— Oh, que leveza, que alegria a gente se encontrar depois de tanto sofrimento! Eu não amaldiçoaria só esses encontros, mas toda a minha vida.

— Para mim tanto faz, Seriója: eu só quero te ver.

— Tudo isso é bobagem — respondeu Serguiêi.

Por vezes Catierina Lvovna mordia os lábios a ponto de tirar sangue depois de tais respostas, por vezes, na escuridão

[27] Nijni Nóvgorod, cidade situada às margens do rio Volga. (N. do T.)

desses encontros noturnos, lágrimas de raiva e desgosto lhe vinham aos olhos pouco afeitos ao choro; mas ela suportava tudo, calava sempre e procurava enganar a si mesma.

Assim, envolvidos nessas novas relações, eles chegaram a Nijni Nóvgorod. Aí sua leva de prisioneiros se uniu a uma leva que ia da estrada real de Moscou para a Sibéria. Nessa leva grande, entre uma infinidade de gente de toda espécie, havia na seção feminina duas pessoas muito interessantes: Fiona, de Yaroslavl, mulher de soldado, bela, exuberante, alta, de basta trança negra e lânguidos olhos castanhos, cobertos por cílios espessos como um misterioso véu de noiva; a outra era uma lourinha de dezessete anos, rostinho afilado, pele delicadamente rosada, boquinha ínfima, covinhas nas faces frescas e madeixas ruivas tirantes a dourado, que corriam caprichosamente na testa sob a faixa de linho rústico usada pelos galés. No grupo de prisioneiros chamavam essa mocinha de Sónietchka.[28]

A bela Fiona era de temperamento brando e indolente. Em sua leva todos a conheciam, nenhum dos homens se regozijava muito quando fazia sucesso com ela, e ninguém se afligia ao ver que ela propiciava o mesmo sucesso a outro que o procurasse.

— Nossa tia Fiona é uma mulher extremamente bondosa, não deixa ninguém ressentido — diziam em uníssono os galés em tom de brincadeira.

Mas Sónietchka fazia inteiramente outro gênero.

— Uma enguia: se esfrega, mas não se entrega.

Sónietchka tinha gosto, velava pela escolha, e talvez até com muito rigor; queria que lhe brindassem não com uma paixão insossa, mas condimentada, com tempero picante, com sofrimentos e sacrifícios; já Fiona era a própria simplicidade russa: tinha até preguiça de dizer a alguém: "vá em-

[28] Diminutivo de Sônia. (N. do T.)

bora", e só de uma coisa estava certa: que era mulher. Esse tipo de mulher é altamente apreciado nas quadrilhas de bandidos, nas levas de galés e nas comunas social-democráticas de Petersburgo.

O aparecimento dessas duas mulheres na mesma leva que juntava Serguiêi e Catierina Lvovna teria para esta um sentido trágico.

CAPÍTULO DÉCIMO QUARTO

Desde os primeiros dias da viagem conjunta das levas de Nijni a Kazan, Serguiêi começou visivelmente a procurar cair nas graças de Fiona, e não penou em vão. Fiona, a bela lânguida, não deu trabalho a Serguiêi, como, por bondade, não dava trabalho a ninguém. Na terceira ou quarta etapa,[29] Catierina Lvovna recorreu ao suborno, arranjou um encontro com Seriójotchka aos primeiros raios da madrugada e está deitada sem dormir: espera demoradamente que a qualquer momento o sargentinho de plantão entre, dê-lhe um leve toque e cochiche: "Corra depressa". A porta se abre uma vez, e uma mulher some no corredor; abre-se mais uma vez, e outra prisioneira salta rápido da tarimba e também some no corredor atrás do guia; por fim alguém puxa a *svita* que cobre Catierina Lvovna. A jovem mulher se levanta rapidamente das tarimbas polidas pelos corpos dos presos, atira a *svita* nos ombros e dá um toque no guia em pé à sua frente.

Quando Catierina Lvovna passava pelo corredor, só em um canto, que uma lamparina opaca iluminava precariamente, esbarrou em dois ou três casais que de longe era impossível divisar. Ao passar ao lado da seção masculina, uma discreta gargalhada chegou-lhe pela janelinha aberta na porta.

---

[29] Ponto de pernoite, durante seu deslocamento, dos grupos de prisioneiros condenados a trabalhos forçados, bem como o percurso entre o ponto de partida e o ponto de chegada. (N. do T.)

— Veja só que folgados — resmungou o guia de Catierina Lvovna e, segurando-a pelos ombros, empurrou-a para um canto e afastou-se.

Catierina Lvovna apalpou uma *svita* e uma barba; sua outra mão tocou um rosto quente de mulher.

— Quem é? — perguntou Serguiêi à meia-voz.

— E tu, o que estás fazendo aqui? com quem estás?

Catierina Lvovna puxou na penumbra a faixa da cabeça de sua rival. A outra deslizou para um lado, precipitou-se e, depois de tropeçar em alguém no corredor, saiu em disparada.

Da seção masculina ouviu-se uma gargalhada geral.

— Patife! — murmurou Catierina Lvovna e bateu no rosto de Serguiêi com as pontas da faixa arrancada da cabeça da nova namorada dele.

Serguiêi fez menção de levantar a mão; mas Catierina Lvovna saiu ligeira como um raio pelo corredor e agarrou a maçaneta de sua porta. Da seção masculina uma gargalhada a acompanhou e repetiu-se tão alto que o sentinela, que cuspia no bico das botas, postado apático diante da luminária, levantou a cabeça e rugiu:

— Calados!

Catierina Lvovna deitou-se calada e assim permaneceu até o amanhecer. Queria dizer a si mesma: "Mas eu não o amo", e sentia que amava ainda mais, e ainda com mais paixão. E eis que diante dos seus olhos tudo se delineia: a mão dele tremendo sob a cabeça *da outra*, a outra mão dele abraçando-lhe os ombros quentes.

A pobre mulher começa a chorar e deseja a contragosto que aquela mesma mão se ponha agora sob sua cabeça e que a outra lhe abrace os ombros tomados de um histérico tremor.

— Ora, vamos, me dá minha faixa — acordou-a Fiona de manhã cedo.

— Quer dizer então que eras tu?...

— Dá-me, por favor.

— E tu, por que estás nos separando?

— Ora, de que jeito eu estou separando vocês? Por acaso o que te deixa zangada é amor ou será algum interesse real?

Catierina Lvovna pensou um segundo, depois tirou de debaixo do travesseiro a faixa que arrancara à noite e, lançando-a a Fiona, virou-se na direção da parede.

Sentiu-se melhor.

— Arre! — disse de si para si —, será que eu posso estar com ciúme dessa toupeira maquiada? Eu quero que ela se dane! É até detestável eu me igualar a ela.

— Olha aqui, Catierina Ilvovna — dizia-lhe Serguiêi no dia seguinte, quando estavam viajando —, faz o favor de entender que primeiro eu não sou Zinóvi Boríssitch, e depois tu agora já não és aquela comerciante: portanto não adianta bufar, faz favor. Não vai conseguir passar gato por lebre.

Catierina Lvovna nada respondeu, e caminhou coisa de uma semana sem dar uma palavra, sem trocar um olhar com Serguiêi. Ofendida, ainda assim mostrava caráter e não queria dar o primeiro passo para a reconciliação nessa sua primeira briga com Serguiêi.

Entretanto, durante esse período em que Catierina Lvovna esteve zangada com Serguiêi, este começou com derrengues e brincadeiras em volta de Sónietka.[30] Ora a saúda inclinando a cabeça "com aquele jeito especial", ora sorri, ora, ao encontrá-la, faz de tudo para abraçá-la e apertá-la. Catierina Lvovna vê tudo isso e seu coração só ferve ainda mais.

"Não seria o caso de fazer as pazes com ele?" — raciocina Catierina Lvovna, andando tropegamente e sem ver o chão debaixo dos pés.

No entanto, agora mais que nunca o orgulho não lhe permite ser a primeira a fazer as pazes. Enquanto isso, Serguiêi não desgruda de Sónietka, e a todos parece que a ina-

---

[30] Outro diminutivo de Sônia. (N. do T.)

cessível Sónietka, que como uma enguia se esfregava, mas não se entregava, súbito começa a amansar.

— Pois bem, tu te queixaste de mim — disse certa vez Fiona a Catierina Lvovna —, mas o que eu te fiz? Eu tive minha chance, mas já passou, agora tu devias ficar de olho nessa Sónietka.

"Que se dane esse meu orgulho: hoje à noite eu faço as pazes sem falta" — decidiu Catierina Lvovna, pensando apenas numa coisa: num jeito mais astuto de tratar dessas pazes.

O próprio Serguiêi a tirou dessa difícil situação.

— Ilvovna! — chamou-a enquanto descansavam. — Sai esta noite e vem me procurar por um instante: tenho um assunto.

Catierina Lvovna ficou calada.

— Ou será que ainda estás zangada e não vens?

Mais uma vez Catierina Lvovna nada respondeu.

Mas Serguiêi e, aliás, todos os que observavam Catierina Lvovna, viram que ao se aproximar da casa da escolta ela foi se chegando ao sargento-mor e lhe meteu nas mãos dezessete copeques que recebera de esmola.

— Assim que arranjar mais eu lhe dou dez — suplicava Catierina Lvovna.

O sargento escondeu o dinheiro no canhão da manga e disse:

— Está bem.

Quando essas negociações terminaram, Serguiêi soltou um grasnido e piscou o olho para Sónietka.

— Ah, Catierina Ilvovna! — falou ele, abraçando-a na escada à saída da casa da escolta. — Rapazes, no mundo inteiro não existe outra mulher igual a essa.

Catierina Lvovna tanto corava quanto ofegava de felicidade.

À noite, mal a porta se entreabriu devagarinho, ela se precipitou para fora: trêmula, procura Serguiêi com as mãos no corredor escuro.

— Minha Cátia![31] — pronunciou Serguiêi, abraçando--a.

— Ah, Seriója, meu malvado! — respondeu Catierina Lvovna entre lágrimas e grudou seus lábios nos dele.

O sentinela andava pelo corredor, parava, cuspia nas botas, tornava a andar; do outro lado da porta os presos cansados roncavam, debaixo da estufa um rato roía uma pena; grilos cricrilavam à porfia de frente uns para os outros, e enquanto isso Catierina Lvovna continuava entregue ao deleite.

Contudo, com os dois fatigados de êxtase, fez-se ouvir a prosa inevitável.

— Estou morrendo de dor; os ossos não param de doer do tornozelo aos joelhos — queixava-se Serguiêi, sentado com Catierina Lvovna no chão, num canto do corredor.

— Então o que fazer, Seriójotchka? — indagava ela, aconchegando-se debaixo da aba da *svita* dele.

— O único jeito será eu pedir que me botem no hospital militar de Kazan.

— Oh, Seriója, que história é essa?

— E daí, se estou morrendo de dor?

— Como é que tu ficas, e eu vou ser levada?

— E o que é que se pode fazer? dói tanto, como estou te dizendo, dói tanto, que é como se a corrente toda se enterrasse fundo nos ossos. A menos que eu volte a calçar meias de lã — pronunciou Serguiêi um minuto depois.

— Meias? Seriója, eu ainda tenho meias novas.

— Sim, mas para quê?— respondeu Serguiêi.

Sem mais palavras, Catierina Lvovna esgueirou-se para a cela, remexeu em sua bolsa sobre a tarimba e tornou a precipitar-se para onde estava Serguiêi, levando um par de grossas meias de lã azuis com setas brilhantes aos lados.

— Agora vai melhorar — pronunciou Serguiêi ao despe-

---

[31] Diminutivo de Catierina. (N. do T.)

Lady Macbeth do distrito de Mtzensk

dir-se de Catierina Lvovna e recebendo dela seu último par de meias.

Feliz, Catierina Lvovna voltou para sua tarimba e pegou num sono profundo.

Ela não ouviu como, depois de sua volta, Sónietka saiu para o corredor e de lá voltou em silêncio já ao amanhecer.

Isso aconteceu a apenas duas jornadas de Kazan.

CAPÍTULO DÉCIMO QUINTO

Um dia frio, sombrio, de ventania e chuva alternando--se com neve, recebeu com animosidade a leva que atravessava os portões do abafado ponto de pernoite. Catierina Lvovna saiu bastante disposta, porém, mal tomou lugar na fileira, ficou verde e todo seu corpo tremeu. Seus olhos escureceram, todas as articulações começaram a doer e fraquejaram. À frente de Catierina Lvovna estava Sónietka, usando as conhecidas meias de lã com setas brilhantes.

Catierina Lvovna pôs-se a caminho totalmente sem vida; apenas seus olhos olhavam com horror para Serguiêi e não pestanejavam.

Na primeira parada para descanso chegou-se tranquilamente a Serguiêi, murmurou-lhe "patife" e inesperadamente lhe cuspiu bem dentro dos olhos.

Serguiêi quis investir contra ela; mas o seguraram.

— Vais ver só! — disse ele, limpando a cusparada.

— Isso não é nada; mas ela é valente contigo — zombaram os presos de Serguiêi; Sónietka, em particular, desfazia--se em alegre gargalhada.

Essa intriguinha, a que Sónietka se entregava, era bem do seu gosto.

— É, mas isso não vai ficar assim — Serguiêi ameaçava Catierina Lvovna.

Extenuada pelo mau tempo e pela travessia, de alma partida, naquela noite Catierina Lvovna dormia um sono intranquilo na tarimba de mais um ponto de pernoite, e não ouviu quando dois homens entraram no barracão feminino.

À chegada deles Sónietka soergueu-se da tarimba, em silêncio apontou Catierina Lvovna para os que entraram, tornou a deitar-se e agasalhou-se com sua *svita*.

Nesse mesmo instante a *svita* de Catierina Lvovna voou sobre sua cabeça, e em suas costas, cobertas por um camisão de pano cru, vibrou com toda a força de mujique a ponta grossa de uma corda trançada em dobro.

Catierina Lvovna gritou; mas não dava para ouvir sua voz debaixo da *svita* que lhe envolvia a cabeça. Ela estrebuchou, mas também sem êxito: em seus ombros estava sentado um preso robusto que lhe segurava os braços com força.

— Cinquenta — contou finalmente uma voz, na qual ninguém teria dificuldade de reconhecer a voz de Serguiêi, e os visitantes noturnos sumiram de vez pela porta.

Catierina Lvovna desenrolou a cabeça e levantou-se de um salto: não havia ninguém; apenas ali perto alguém dava risadinhas maldosas debaixo da *svita*. Catierina Lvovna reconheceu a gargalhada de Sónietka.

Essa ofensa já passava da medida; como também passava da medida o ódio que nesse instante ferveu na alma de Catierina Lvovna. Fora de si, precipitou-se para a frente, e fora de si caiu no peito de Fiona, que a amparou.

Naquele colo cheio, que tão pouco tempo antes se entregava às delícias da libertinagem do infiel amante de Catierina Lvovna, ela agora chorava suas mágoas e, como uma criança faz com a mãe, estreitava-se à sua rival tola e indolente. Agora elas eram iguais; ambas haviam sido equiparadas no preço e ambas abandonadas.

Elas eram iguais!... Fiona, que cedera numa primeira oportunidade, e Catierina Lvovna, que realizava um drama de amor!

Aliás, Catierina Lvovna já não se ofendia com mais nada. Depois de chorar as suas mágoas, petrificou-se e, com uma tranquilidade insensível, preparou-se para sair e responder à chamada.

Rufa o tambor: tan-tarantan-tan; despejam-se no pátio presos acorrentados e não acorrentados, e Serguiêi, e Fiona, e Sónietka, e Catierina Lvovna, e um *raskólnik*[32] acorrentado a um *jid*,[33] e um polonês na mesma corrente que um tártaro.

Todos se amontoaram, depois se emparelharam de qualquer jeito e partiram.

O mais desolador dos quadros: um punhado de pessoas, arrancadas do mundo e privadas de qualquer sombra de esperança em um futuro melhor, afunda na lama negra e fria de uma estrada de terra batida. Tudo ao redor é de uma feiura que chega ao horror: uma lama sem fim, um céu cinzento, salgueiros desfolhados e molhados, e em seus galhos abertos uma gralha cinzenta eriçando as penas. O vento ora geme, ora se enfurece, ora uiva e brame.

Nesses sons infernais, que dilaceram a alma e completam o horror do quadro, ecoam os conselhos da mulher do Jó bíblico: "Amaldiçoa o dia do teu nascimento e morre".[34]

Aquele que não quer dar ouvidos a semelhantes palavras, que não acalenta a ideia da morte nem mesmo nessa situação deplorável, mas a teme, esse precisa tentar abafar essas vozes ululantes com algo ainda mais horrendo que elas. Isso o homem simples compreende perfeitamente: então ele dá asas a toda a sua simplicidade animal, começa a fazer bobagens, a zombar de si mesmo, das pessoas, dos sentimentos. Já sem ser especialmente delicado, torna-se excepcionalmente mau.

---

[32] Participante de cisma religioso na Rússia tsarista. (N. do T.)

[33] Denominação depreciativa de judeu. (N. do T.)

[34] Na verdade, as palavras da mulher de Jó são: "Amaldiçoa a Deus, e morre" (Jó, 2, 9, tradução de João Ferreira de Almeida). (N. do T.)

— Então, comerciante? Vossa comercial Senhoria goza de boa saúde? — perguntou Serguiêi descaradamente a Catierina Lvovna, tão logo o comboio perdeu de vista por trás de uma colina molhada a aldeia onde haviam pernoitado.

Com essas palavras e voltando-se no mesmo instante para Sónietka, ele a cobriu com a aba de sua *svita* e começou a cantar em alto falsete:

> *Na sombra atrás da janela brota uma cabecinha castanha.*
> *Tu não dormes, meu tormento, não dormes, sua tratante.*
> *Te escondo sob minha aba, e assim ninguém te nota.*[35]

A essas palavras Serguiêi abraçou Sónietka e deu-lhe um beijo estridente na presença de todo o comboio.

Catierina Lvovna via e não via tudo isso: caminhava como alguém sem vida. Começaram a cutucá-la e a lhe mostrar Serguiêi fazendo escândalo com Sónietka. Ela virou objeto de galhofa.

— Não toquem nela — intercedeu Fiona quando alguém do comboio tentou zombar de Catierina Lvovna, que cambaleava. — Será que não estão vendo, diabos, que a mulher está totalmente enferma?

— Deve estar, os pezinhos estão molhados — gracejava um preso jovem.

— Sabe como é, família de comerciantes: educação fina — assentiu Serguiêi. — É lógico, se pelo menos ela tivesse umas meinhas mais quentes, não estaria nada mal — continuou ele.

---

[35] Versos do poema "O chamado", de I. P. Polonski (1820-1898), autor russo muito popular em sua época, que teve vários de seus poemas musicados. (N. do T.)

Foi como se Catierina Lvovna acordasse.

— Vai rindo, infame! — disse ela sem se conter —, vai zombando, patife, vai zombando!

— Não, comerciante, isso não tem nada a ver com zombaria; é que Sónietka está vendendo umas meias bonitas de doer, e então eu pensei cá comigo: será que a nossa comerciante não compraria?

Muitos caçoavam. Catierina Lvovna caminhava como um autômato acionado por alguém.

O tempo só piorava. Das nuvens cinzentas que cobriam o céu começaram a cair flocos úmidos de neve, que derretiam assim que tocavam o chão, aumentando o lamaçal. Por fim descortina-se uma escura faixa plúmbea; não dá para avistar o outro lado. É o Volga. Um vento forte sopra sobre o Volga e leva para a frente e para trás ondas escuras de goelas largas, que sobem vagarosamente.

A leva de presos molhados e tiritando de frio chegou em pachorrenta caminhada ao ponto da travessia e parou, aguardando uma balsa.

Chegou uma balsa escura, toda molhada; a tripulação começou a distribuir os presos.

— Dizem que alguém tem vodca nessa balsa — observou um preso quando a balsa, salpicada de flocos de neve, desatracou e pôs-se a balançar nos vagalhões do rio encapelado.

— Sim, neste momento não se pode desperdiçar nada — respondeu Serguiêi, que, perseguindo Catierina Lvovna para divertimento de Sónietka, pronunciou: — Vamos, comerciante, em nome da velha amizade, serve uma vodcazinha. Não sejas unha de fome. Lembra-te do nosso amor de antes, minha amável criatura, de como a gente se divertia, benzinho, daquelas longas noites de outono que passamos juntos, de como despachamos os teus familiares para a paz eterna sem o auxílio de popes nem diáconos.

Catierina Lvovna tremia toda de frio. Além do frio, que lhe penetrava até os ossos sob a roupa ensopada, algo mais se passava dentro dela. A cabeça ardia como se estivesse no fogo; tinha as pupilas dilatadas, animadas por um brilho intenso e errante e fixadas, imóveis, no vaivém das ondas.

— Bem, uma vodcazinha até eu beberia: não aguento mais esse frio — disse Sónietka.

— Serve, comerciante, vamos lá! — importunava Serguiêi.

— Que falta de vergonha! — proferiu Fiona, balançando a cabeça em sinal de censura.

— Isso não te traz nenhuma dignidade — o preso Gordiúchka apoiou Fiona.

— Já que não te envergonhas perante ela, ao menos perante os outros deverias te envergonhar pelo que estás fazendo com ela.

— Ora essa, sua rameira! — gritou Serguiêi com Fiona. — Também metida a ter vergonha! Por que eu ainda teria de me envergonhar? Eu, talvez, nunca a amei mesmo, e agora... repara, o sapato gasto de Sónietka me agrada mais do que as fuças dela, dessa gata esfarrapada: então, o que podes me dizer contra isso? Ela que ame esse Gordiúchka aí da boca torta; ou então... — ele olhou para um sujeitinho que estava escarranchado, metido numa *burka*,[36] de quepe militar com cocar, e acrescentou: — ou então é ainda melhor que ela arranje um chamego com alguém da etapa: pelo menos a chuva não penetra debaixo da *burka* dele.

— E todos ainda iriam lhe chamar de mulher de oficial — proferiu Sónietka.

— E como não!... e ainda ia arranjar dinheiro facilmente para comprar umas meinhas — anuiu Serguiêi.

Catierina Lvovna não se defendia: olhava cada vez mais fixo para as ondas e movia os lábios. Entre uma e outra pausa

---

[36] Espécie de capa feita de couro de cabra e feltro fino, originária do Cáucaso. Não confundir com a burca usada pelas mulheres islâmicas. (N. do T.)

das falas torpes de Serguiêi, chegavam-lhe aos ouvidos um ruído surdo e um gemido vindos dos vagalhões que irrompiam e arrebentavam. E eis que de um vagalhão quebrado lhe brota de repente a cabeça azul de Borís Timofiêitch, de outro aparece cambaleando o marido abraçado a Fiédia, que está de cabeça baixa. Catierina Lvovna quer se lembrar de uma oração e move os lábios, mas os lábios murmuram: "Como a gente se divertia, passamos juntos aquelas longas noites de outono, e despachamos pessoas deste para o outro mundo por meio de uma morte cruenta".

Catierina Lvovna tremia. Seu olhar errante se concentrava e se tornava feroz. Uma ou duas vezes os braços se estenderam para um ponto vago do espaço e tornaram a cair. Mais um minuto, e de repente toda ela começou a cambalear; sem desviar os olhos de uma onda escura, abaixou-se, agarrou Sónietka pelas pernas e de um só golpe lançou-se com ela no rio.

Todos ficaram petrificados de espanto.

Catierina Lvovna apareceu na crista de uma onda e tornou a mergulhar; outra onda arrastou Sónietka.

— O croque! Joguem o croque![37] — gritaram na balsa.

O pesado croque subiu preso numa corda comprida e caiu n'água. Sónietka tornou a sumir. Dois segundos depois voltou a levantar os braços, arrastada pela correnteza; mas nesse mesmo instante Catierina Lvovna brotou de outra onda até a cintura, atirou-se sobre Sónietka como um vigoroso lúcio sobre um peixe tenro, e as duas já não tornaram a aparecer.

---

[37] Gancho metálico usado para atracar pequenas embarcações. (N. do T.)

A NARRATIVA COMO SORTILÉGIO

Paulo Bezerra

Nikolai Semiónovitch Leskov (1831-1895) nasceu no povoado de Gorókhovo, província de Oriol, às margens do Volga, em uma família de membros do clero. O avô, o bisavô e o tataravô foram todos sacerdotes no povoado de Leski, distrito de Karatchevski, na mesma província. Do nome desse povoado provém o sobrenome Leskov. O avô era sacerdote, a avó, comerciante, e a mãe, nobre. O pai foi funcionário público em diferentes instituições, e a certa altura deixou o serviço público e mudou-se com toda a família para o campo, onde levou uma vida pouco diferente da vida dos simples camponeses. Leskov teve uma aia serva e mulher de soldado, conviveu com camponeses, artesãos, comerciantes, nobres decadentes, pequeno-burgueses e uma fauna vária de excêntricos, videntes e fanáticos religiosos de velhas e novas crenças. Portanto, um vasto mosaico humano formado por diferentes segmentos sociais, cada um com seu modo peculiar de ver e sentir o mundo, com suas histórias e sua linguagem específica. Tudo isso faz de Leskov um grande conhecedor da vida e dos costumes russos, e transborda numa grande policromia de modos de vida e linguagens que o autor incorpora à sua obra como uma espécie de enciclopédia da vida e dos falares russos, marca particular do seu estilo.

Desde os primeiros anos de idade escolar Leskov frequenta o colégio local. Aos quinze anos deixa o colégio e vai trabalhar como escrivão no Palácio da Justiça de Oriol. Observador fino, aí toma conhecimento de uma gama variadíssima de histórias que servirão de tema para muitos de seus contos e novelas. Dois anos depois transfere-se para Kíev, onde trabalha no Fisco, conhece jovens cultos e passa a cuidar com afinco de sua própria ilustração. Oito anos depois deixa o emprego e passa a trabalhar como ajudante de administrador de fazenda, viaja sem cessar por regiões situadas entre o Mar Negro e o Mar Branco, conhecendo lugares e gentes das mais diferentes espécies e adquirindo uma experiência que estará presente em toda a sua obra.

Leskov é considerado um dos escritores russos que melhor penetrou a alma popular de seu povo, vasculhou os seus desvãos, registrou seu imaginário e transformou em narrativas aquelas histórias que se contavam em todos os rincões, particularmente naqueles situados na vasta extensão do Volga. Aliás, ele mesmo se orgulha desse entrelaçamento com a vida popular: "Eu conhecia a vida do povo nos mínimos detalhes e a compreendia nos mais ínfimos matizes", compreendia como a tratavam na "grande casa senhorial", nos sítios da nossa "pequena nobreza", nas hospedarias e nas casas dos popes. "Precisamos simplesmente conhecer o povo como a própria vida", não precisamos "estudá-lo, mas vivê-lo". Eis a questão: "não estudar", isto é, não observar o povo com certo distanciamento, mas "vivê-lo", compenetrar-se de seus modos de ver, de sentir o mundo. Graças a essa intimidade, a essa empatia, Leskov consegue narrar de tal modo que suas histórias se apresentam ao leitor com tamanha naturalidade que o deixam com a impressão de estar viajando pela própria vida. É como se entre o leitor e a história narrada não houvesse a mediação do narrador; como se o leitor, ao iniciar a leitura, fosse atingido por um sortilégio, pois se sente arrastado para dentro dos episódios pelo filtro mágico das palavras e sua articulação natural. Essa excepcional técnica de narrar, esse modo de dizer a coisa na sua verdade natural impressionou grandes teóricos e críticos como Boris Eikhenbaum, que lhe dedicou um ensaio sob o título de "Um escritor exuberante", e Walter Benjamin, que lhe dedicou o célebre estudo "O narrador".

A obra de Leskov é vasta, mas ele foi predominantemente contista e novelista. Deixou dois romances — *Niekudá* (*Sem ter para onde ir*, 1864), *Na nojákh* (*Na ponta da faca*, 1871) —, e obras-primas da novela e do conto como *Otcharóvanni stránnik* (*O peregrino encantado*, 1873), "Skazka o túlskom kossom lievchê i o stalnoi blokhé" ("O canhoto vesgo de Tula e a pulga de aço", 1881) e muitas outras.

Em 1865 a revista *Epokha* (*Época*), dirigida por Dostoiévski, publica *Lady Macbeth do nosso distrito*, de autoria de M. Stiebnitski, pseudônimo que Leskov usou durante bastante tempo. Só em 1867 a obra sai numa coletânea com o título *Lady Macbeth do distrito de Mtzensk*, ainda sob o pseudônimo de Stiebnitski.

Leskov trabalhou com raro virtuosismo o gênero hagiográfico, as lendas, anedotas e demais estórias e causos que circulavam no meio do povo, assim como transformou suas lembranças da infância em obras de rara beleza. Foi o que aconteceu com *Lady Macbeth*, cujo enredo é uma recriação de memórias da infância do autor, como ele próprio conta em suas *Lembranças da infância*: "Certa vez um velhote vizinho, que 'vivera demais' com seus setenta anos, foi descansar debaixo de uma groselheira num dia de verão, e a impaciente nora lhe despejou lacre fervente no ouvido... Lembro-me do enterro dele... A orelha desprendeu-se... Depois um carrasco a torturou na praça. Ela era jovem, e todos se admiraram da sua brancura".

UMA LADY MACBETH À RUSSA

A literatura como arte é um imenso diálogo que se processa em escala universal, e nesse diálogo cada literatura nacional acrescenta peculiaridades de sua história e de sua cul-

Posfácio 85

tura a temas já representados em literaturas de outros países e em outras épocas, às vezes bem distantes. Assim, ao trazer para o universo da literatura russa o tema do famoso drama de Shakespeare, Leskov recria em Catierina Lvovna traços bem semelhantes aos de Lady Macbeth, fazendo-o, porém, à luz da violenta história da Rússia. O drama de Shakespeare começa com Lady Macbeth instigando seu marido a cometer um ato de extrema violência, do qual ela toma parte: assassinar, em seu próprio palácio, o rei Duncan, de quem era parente, súdito, general de confiança e anfitrião, e com isso abrir caminho rumo ao trono da Escócia. Uma vez desencadeada, a violência transforma todo o curso da história em um sorvedouro, que vai tragando, num ritmo macabro, todos aqueles que Macbeth vê como obstáculos aos seus desejos paranoicos de poder. No auge do banho de sangue, Lady Macbeth é assaltada pelo remorso e se mata.

A história de *Lady Macbeth do distrito de Mtzensk* é das mais triviais: uma mulher jovem, um marido velho, estéril e rico, a jovem andando de um canto a outro da casa e consumindo sua mocidade no tédio, e um rapaz jovem, belo e ambicioso, disposto a usar seus dotes para conquistar a senhora e o que a cerca. Em suma, todos os ingredientes de um triângulo amoroso dos mais banais. Contudo, na pena de um grande escritor o banal se torna sublime, e o que poderia parecer uma história das mais vulgares ganha um vigor dramático digno da pena de um Shakespeare com a força narrativa de um Dante. Leskov recria, com pitadas de idílio à moda russa, um clima cheio dos condimentos do drama de Shakespeare, transformando, com aquele ritmo macabro, a casa do comerciante Zinóvi Boríssitch no trono a ser conquistado por Catierina Lvovna, a nova Lady Macbeth do clã-reino dos comerciantes, importante classe econômica e cultural da Rússia de então.

Ao analisar o caráter da Lady Macbeth de Shakespeare no sangrento processo que levaria seu marido ao trono, Hegel salienta que nela "não há nenhuma hesitação, nenhuma incerteza, nenhuma reflexão, nenhum retroceder — como inicialmente ainda há no Macbeth mesmo —, nenhum arrependimento, mas pura abstração e dureza de caráter, o qual executa sem restrições o que lhe é adequado, até que por fim ela se quebra". Esta ruptura, que se precipita sobre Macbeth a partir do exterior, depois de ele ter consumado o ato, é a loucura no interior feminino da Lady.[1] Comparando a Lady de Leskov com a de Shakespeare à luz dessa reflexão hegeliana, verificamos que na russa aquela ausência de hesitação, de incerteza, de reflexão vai se revelando a partir das insinuações de Serguiêi, que abrem caminho para que a "dureza do caráter" de Catierina Lvovna a leve a executar sem restrições de nenhuma ordem tudo o que lhe for adequado para segurar seu amante. Se a Lady de Shakespeare "se quebra" e degenera na loucura, a Lady russa age como se não existissem entraves de nenhuma ordem à execução de seus atos. Nisto reside a singularidade nacional russa na recriação do tema shakespeariano.

Escritor com raízes profundamente fincadas nas tradições populares, Leskov imprime no sobrenome Lvovna um elemento oriundo da tradição mítica, onde o nome e a função do nomeado são idênticos. Lvovna deriva de *lev*, isto é, leão, e Catierina Lvovna se comporta como uma leoa no empenho de promover Serguiêi à categoria de comerciante: como a leoa que mata para alimentar o filhote, ela mata para alimentar o sonho de tornar Serguiêi um comerciante, sonho esse que ele passa a acalentar ainda antes da morte de Zinóvi Boríssitch. E nesse aspecto Catierina Lvovna supera Lady Macbeth: como a leoa que, fora do sistema de valores, mata naturalmente, por instinto de sobrevivência, Catierina Lvovna toma, de modo frio e calculado, todas as iniciativas para

---

[1] G. W. F. Hegel, *Cursos de estética*, vol. II, tradução de Marco Aurélio Werle e Oliver Tolle, São Paulo, Edusp, 2000, p. 314.

Posfácio

eliminar eventuais concorrentes de sua herança. E nunca revela nem sombra de remorso. Sua frieza marmórea provoca no leitor um calafrio durante a leitura e, ao término desta, uma catarse digna das grandes tragédias.

Ninguém consegue ficar impassível ao ler esta novela de Leskov. A história é tão perturbadora que causou medo ao próprio autor. Referindo-se ao processo de composição da obra, Leskov declarou certa vez que durante sua escrita havia sentido um horror insuportável, que o deixava de cabelos arrepiados e o fazia sentir um gelo na alma ao mais leve ruído ao redor.

Se o próprio autor sentiu medo de sua Lady Macbeth, a reação do leitor será ainda mais intensa. O virtuosismo com que o narrador dá vida aos episódios transforma a narrativa num sortilégio, produzindo no leitor um efeito similar ao da melhor narrativa cinematográfica e fazendo dele um espectador magnetizado pela voragem das cenas, que, como um visgo, prende-lhe o olhar. Leskov tem grande afinidade com Dostoiévski, sobretudo no tocante à recusa a uma observância dogmática e mecânica das normas da língua e da chamada boa escrita. Mais de uma vez manifestou-se "contra os gêneros do beletrismo tradicional", chegando a afirmar, no fim da vida, que o beletrismo já havia "cumprido o seu papel e podia desaparecer, dando lugar a uma nova modalidade de arte". Fez da palavra a pedra filosofal e, com uma concepção peculiar do verossímil, materializou os episódios narrados a ponto de presentificá-los aos olhos do leitor como matéria viva que o arrasta como um sorvedouro. Por isso Boris Eikhenbaum o chamou de "isógrafo da palavra", artesão "imerso em seu ofício de escrever e senhor de todos os segredos do mosaico literário".[2] Em seu famoso ensaio, Walter Benjamin destaca as qualidades excepcionais de Leskov co-

---

[2] Boris Eikhenbaum, "Um escritor exuberante", in *O proze* (Sobre a prosa), Moscou, Soviétski Pissátiel, 1965, pp. 343-4.

mo um narrador singular, quase sem paralelo na literatura moderna e, numa referência à representação das paixões que se aplica plenamente a *Lady Macbeth do distrito de Mtzensk*, afirma que essas paixões "são tão destruidoras quanto a fúria de Aquiles ou o ódio de Hagen".[3]

Personagens e *personas*

Além da afinidade com Dostoiévski, há outra em Leskov que merece um destaque especial: a técnica de construção das personagens aliada ao respeito por sua condição de *personas* do mundo real. Como Dostoiévski, ele estiliza tão pouco o modo de ser de suas personagens que elas parecem trazer para o espaço do texto literário as características essenciais de suas vidas no mundo real. Isto se refere particularmente ao estilo de suas falas. Catierina Lvovna, Serguiêi e as outras personagens cometem erros de sintaxe e declinação, o que dificulta a compreensão de suas falas e revela seu baixo nível de escolaridade, embora não as impeça de fazer esporádicas digressões filosóficas. Serguiêi, além dessas peculiaridades, ainda tenta construir um discurso sedutor em seus diálogos com Catierina Lvovna. Seu domínio da língua é precário, o sentimento que diz nutrir por ela não é verdadeiro. Sua fragilidade lingüística e a falsidade de seus sentimentos redundam num discurso extremamente artificial, empolado, de difícil compreensão (e tradução), mas que traduz com tanta autenticidade sua condição sociocultural que dá ao texto de Leskov um sabor de crônica da vida popular russa. No referido ensaio, Benjamin observa que "no narrador conserva-se o cronista

---

[3] Walter Benjamin, "O narrador: observações sobre a obra de Nikolai Leskov", em *Os pensadores*, vol. XLVIII, São Paulo, Abril Cultural, 1975, p. 79, tradução de Modesto Carone. Hagen é o vilão da saga *A canção dos Nibelungos*.

em forma modificada, por assim dizer, secularizada".[4] Assim é Leskov, esse narrador que, tal como Dostoiévski, estilizou minimamente as falas de suas personagens, respeitando sua condição de criaturas do mundo real e revestindo sua narrativa de grande força realista.

Ao traduzir a novela de Leskov, procuramos recriar em português as características peculiares da linguagem do narrador, o ritmo de seu discurso e sua pontuação singular, assim como a linguagem empolada e meio tosca das personagens, com a finalidade de manter a tensão do enredo e levar o leitor a vivenciar o clima psicológico da obra.

---

[4] Walter Benjamin, *op. cit.*, p. 72.

SOBRE O AUTOR

Nikolai Semiónovitch Leskov nasce a 16 de fevereiro de 1831, na pequena cidade de Gorókhovo, província de Oriol. Seu pai, Semión, é um ex-seminarista que ocupa um elevado posto no departamento criminal da região, tendo a fama de ser um brilhante investigador. Em 1839, porém, Semión desentende-se com seus superiores e abandona o cargo, partindo com sua esposa Maria — filha de um nobre moscovita empobrecido — e seus cinco filhos para o vilarejo de Pánino, próximo à cidade de Krómi. É nesse período que o jovem Nikolai entra em contato com a linguagem popular que, mais tarde, tamanha influência exercerá em sua obra.

Em 1847, após abandonar o ginásio, ingressa no mesmo órgão em que anos antes seu pai trabalhara. No ano seguinte, Semión falece, e Nikolai Leskov solicita transferência para Kíev, na Ucrânia, o que ocorre em 1849. Nos oito anos que passa na região, frequenta como ouvinte a universidade, estuda a língua polonesa e trava conhecimento com diversos círculos de estudantes, filósofos e teólogos. Em 1853, casa-se com Olga Smirnova, filha de um mercador local, de quem se separaria no início da década seguinte.

Entre 1857 e 1860, trabalha numa empresa comercial inglesa, o que lhe propicia a oportunidade de viajar por diversas regiões da Rússia. As experiências desse período — descrito pelo próprio Leskov como a época mais feliz de sua vida — servirão de inspiração para muitas de suas histórias. De volta à cidade de Kíev, assina pequenos artigos e comentários em periódicos locais.

É apenas em 1862, já em São Petersburgo, que Leskov inicia sua carreira literária, publicando, sob pseudônimo, o conto "A seca". No mesmo ano, escreve, para a revista *Siévernaia Ptchelá* (*A Abelha do Norte*), um controverso artigo a respeito dos incêndios — provocados por estudantes do movimento niilista e por grupos nacionalistas poloneses — que à época assolavam a capital. O texto estabelece uma polêmica tanto com os liberais quanto com os conservadores. Em 1864, surgem duas de suas obras mais conhecidas: o romance *Sem ter para onde ir* e a novela *Lady Macbeth do distrito de Mtzensk*.

Já na década de 1870, após uma crise religiosa, rompe com a Igreja e publica *O anjo selado* (1872), além de uma série de artigos anticlericais. Entre 1874 e 1883, trabalha no Ministério da Educação, mas acaba dispensado por ser "demasiado liberal". Nesse período, surgem algumas de suas mais famosas narrativas, como as novelas *O peregrino encantado* (1873) e *Nos limites do mundo* (1875), e os contos "O canhoto vesgo de Tula e a pulga de aço" (1881), "Viagem com um niilista" (1882) e "A fera" (1883). Seu distanciamento em relação à Igreja Ortodoxa aumenta em 1887, quando conhece Lev Tolstói e adere a muitos de seus preceitos. Referências a essa nova postura aparecem em *Os notívagos* (1891).

Nos últimos anos de vida, Nikolai Leskov segue produzindo contos e peças e até auxilia na edição de suas obras completas, mas torna-se cada vez mais debilitado por conta de uma séria doença cardíaca, vindo a falecer em 5 de março de 1895. A despeito da relativa notoriedade de que gozou em vida, é apenas após a sua morte, na esteira de textos de Maksim Górki e de Walter Benjamin, que Leskov passará a ser reconhecido como um dos grande nomes da literatura russa do século XIX.

SOBRE O TRADUTOR

Paulo Bezerra estudou língua e literatura russa na Universidade Lomonóssov, em Moscou, especializando-se em tradução de obras técnico-científicas e literárias. Após retornar ao Brasil em 1971, fez graduação em Letras na Universidade Gama Filho, no Rio de Janeiro; mestrado (com a dissertação "Carnavalização e história em *Incidente em Antares*") e doutorado (com a tese "A gênese do romance na teoria de Mikhail Bakhtin", sob orientação de Afonso Romano de Sant'Anna) na PUC-RJ; e defendeu tese de livre-docência na FFLCH-USP, "*Bobók*: polêmica e dialogismo", para a qual traduziu e analisou esse conto e sua interação temática com várias obras do universo dostoievskiano. Foi professor de teoria da literatura na Universidade do Estado do Rio de Janeiro, de língua e literatura russa na USP e, posteriormente, de literatura brasileira na Universidade Federal Fluminense, pela qual se aposentou. Recontratado pela UFF, é hoje professor de teoria literária nessa instituição. Exerce também atividade de crítica, tendo publicado diversos artigos em coletâneas, jornais e revistas, sobre literatura e cultura russas, literatura brasileira e ciências sociais.

Na atividade de tradutor, já verteu do russo mais de quarenta obras nos campos da filosofia, da psicologia, da teoria literária e da ficção, destacando-se: *Fundamentos lógicos da ciência* e *A dialética como lógica e teoria do conhecimento*, de P. V. Kopnin; *A filosofia americana no século XX*, de A. S. Bogomólov; *Curso de psicologia geral* (4 vols.), de R. Luria; *Problemas da poética de Dostoiévski, O freudismo, Estética da criação verbal, Teoria do romance I: A estilística, Os gêneros do discurso, Notas sobre literatura, cultura e ciências humanas, Teoria do romance II: As formas do tempo e do cronotopo* e *Teoria do romance III: O romance como gênero literário*, de M. Bakhtin; *A poética do mito*, de E. Melietinski; *As raízes históricas do conto maravilhoso*, de V. Propp; *Psicologia da arte, A tragédia de Hamlet, príncipe da Dinamarca* e *A construção do pensamento e da linguagem*, de L. S. Vigotski; *Memórias*, de A. Sákharov; no campo da ficção traduziu *Agosto de 1914*, de A. Soljenítsin; cinco contos e novelas de N. Gógol reunidos no livro *O capote e outras histórias*; *O herói do nosso tempo*, de M. Liérmontov; *O navio branco*, de T. Aitmátov; *Os filhos da rua Arbat*, de A. Ribakov; *A casa de Púchkin*, de A. Bítov; *O rumor do tempo*, de O. Mandelstam; *Em ritmo de concerto*, de N. Dejniov; *Lady Macbeth do distrito de Mtzensk*, de N. Leskov; além de *O sonho do titio* e *Sonhos de Petersburgo em verso e prosa* (reunidos no volume *Dois sonhos*), *O duplo*, *Bobók*, *Crime e castigo*, *O idiota*, *Os demônios*, *O adolescente* e *Os irmãos Karamázov*, de F. Dostoiévski.

Em 2012 recebeu do governo da Rússia a Medalha Púchkin, por sua contribuição à divulgação da cultura russa no exterior.

ESTE LIVRO FOI COMPOSTO EM SABON,
PELA BRACHER & MALTA, COM CTP DA
NEW PRINT E IMPRESSÃO DA GRAPHIUM
EM PAPEL PÓLEN SOFT 80 G/M² DA CIA.
SUZANO DE PAPEL E CELULOSE PARA A
EDITORA 34, EM OUTUBRO DE 2019.